사람은 무엇으로 사는가

더디 세계문학 013

사람은 무엇으로 사는가

레프 톨스토이 | 강규은 옮김

더디

차례

촛불

눈은 눈으로, 이는 이로 갚으라 하였다는 것을 너희가 들었으나
나는 너희에게 이르노니 악한 자를 대적치 말라.

_마태복음 5장 38-39절

농노가 해방되기 전의 일이었다. 그 무렵 지주들은 별의별
사람이 다 있었다. 자기도 언젠가는 죽을 때가 온다는 것을
잊지 않고 신을 공경하며 농노를 불쌍히 여기는 자가 있는
가 하면, 그 누구보다도 형편없는 자들도 있었다. 그중에서
도 개천에서 난 용처럼 농노였다가 단번에 지주가 된 자들
이 최악이었다. 이런 자들 때문에 농노들은 갈수록 비참한
삶을 살게 되었다.

　한 지주의 영지로 새로운 마름이 오게 되었다. 영지에는
부역 중인 농노들이 있었다. 이곳은 토지가 풍족할뿐더러
물도, 목초지도, 숲도 충분해 지주도 농노들도 필요한 모든
것을 얻을 수 있는 비옥한 땅이었다. 문제는 지주가 다른 영

지 출신 사람을 마름으로 임명했다는 것뿐이었다.

마름은 권력을 쥐고는 농노들을 좌지우지했다. 그는 가정이 있는 사람이었다. 아내와 시집을 간 두 딸이 있었는데, 돈도 벌 만큼 벌어서 남들을 혹사시키지 않고도 풍족하게 잘살 수 있는데도 욕심이 너무 많아 나쁜 길로 빠져버린 것이었다.

사건은 그가 농노들에게 추가 부역을 부과하면서 시작되었다. 그는 남녀노소 할 것 없이 모두 벽돌 공장으로 데리고 가 혹사시켰고, 이들이 만든 벽돌은 팔아 치웠다. 농노들은 지주에게 호소하러 모스크바까지 여러 번 찾아갔으나 아무런 소용이 없었다. 이들은 빈손으로 돌아왔고 마름은 뜻을 꺾지 않았다. 심지어 농노들이 불만을 표했다는 사실을 알게 된 마름은 이들을 더욱 혹사시키기 시작했다. 삶이 더욱 팍팍해지자 농노들 사이에서 배신자가 나타났다. 이들은 서로 배신하고 마름에게 자신의 형제와도 같은 이들을 고발했다. 모두가 혼란에 빠졌고, 마름의 횡포는 심해져만 갔다.

모든 일이 눈덩이처럼 커지면서 농노들은 마름을 보면 마치 맹수를 보는 것처럼 그를 두려워하기 시작했다. 마름이 말을 타고 마을을 돌아다니면, 모두가 늑대라도 나타난 듯 그의 눈에 띄지 않기 위해 몸을 숨기기에 급급했다. 그러나 마름은 농노들이 자신을 두려워한다는 것을 알고 더 악랄하게 날뛰면서 농노들을 혹사시키고 학대했다. 그 때문에 농노들은 많은 고통을 받아야 했다.

당시에는 마름과 같은 악인들이 쥐도 새도 모르게 살해당하는 일도 종종 있었다. 마을 농노들도 그런 이야기를 하기 시작했다. 모두 으슥한 곳에 모이자 가장 배짱이 두둑한 이가 말했다.

"우리가 이 악행을 얼마나 더 견뎌야 한단 말인가? 이러나저러나 죽기는 매한가지이니, 그런 놈을 죽이는 건 죄가 아닐 것이네!"

한번은 마름이 지주의 숲을 깨끗이 치우라고 농노들을 보냈다. 부활 주일 전날 숲에 모인 농노들은 점심을 먹기 위해 모였을 때 다시 의논을 시작했다.

"이래 가지고야 우리가 어떻게 살아가겠나? 마름은 우리를 죽을 때까지 쥐어짤 것이네. 우리도, 여자들도 낮에도 밤에도 숨 고를 새도 없이 일에 시달리는데도 말이지. 게다가 조금이라도 불평하면 바로 매질을 해버리니, 원. 세묜은 얻어맞아 죽었네. 아니심도 형틀에서 고문을 받았지. 대체 뭘 더 기다려야 하는 것인가? 조금 있다 저녁이 되면 마름이 이곳에 와서 또 안하무인으로 굴 텐데, 그때 그냥 말에서 끌어내려 도끼로 찍어버리자고. 그럼 이 짓도 전부 끝이네. 개처럼 아무데나 파묻어버리면 감쪽같이 숨길 수 있을 거야. 다만 누가 고자질하지 않도록 모두 입을 맞춰야겠지!"

바실리 미나예프가 이같이 말했다. 그는 그 누구보다도

마름에게 원한이 컸다. 마름은 미나예프에게 매주 매타작을 했고, 그의 아내마저 빼앗아다가 자기 집 하녀로 삼았기 때문이다.

농노들이 그렇게 이야기를 나누고 저녁이 되자 마름이 도착했다. 그는 말을 타고 왔는데, 벌목이 제대로 되지 않았다며 야단을 치기 시작했다. 그는 나뭇더미 사이에서 보리수를 발견했다.

"내가 보리수는 베지 말라고 했을 텐데. 누가 베었나? 당장 바른 대로 고하지 않으면 모두 큰코다칠 것이야!"

마름은 보리수가 섞인 나뭇더미를 누가 벤 것인지 추적하기 시작했다. 범인은 시도르였다. 마름은 시도르의 얼굴이 피투성이가 될 때까지 그를 두들겨 팼다. 바실리도 작업량이 적다는 이유로 채찍질을 당했다. 그러고선 마름은 집으로 돌아갔다.

그날 저녁 농노들이 또다시 모였고, 바실리가 입을 뗐다.

"에휴, 자네들이 사람이란 말인가? 다들 참새랑 다를 바가 무언가? 다 같이 해치워버리자고 할 때는 언제고, 막상 때가 되면 뒤로 숨어버리니, 원. 참새들이 매에 맞서기로 다짐하고 다음과 같이 말했네. '배신하지 말자, 배신하지 말자, 맞서자, 맞서자!' 그런데 매가 덮치자마자 모든 참새가 쐐기풀숲으로 숨어버렸지. 그렇게 매는 참새 한 마리를 낚아채선 끌고 갔지. 나머지 참새들이 튀어나와 한 마리가 모자

란다고 야단법석을 떨었네. '누가 없지? 반카가 없네. 휴, 걔는 그럴 운명이었던 거지. 그럴 만도 해.' 자네들도 이 참새들과 다를 게 없네! 배신하지 말자고 했으면, 하질 말았어야지! 마름이 시도르를 팼을 때, 자네들은 한데 모여 그를 요절내버렸을 수도 있었는데. '배신하지 말자, 배신하지 말자, 맞서자, 맞서자!'라고 말로만 떠들고는 그가 우릴 덮치자마자 놀라 나자빠져서는 덤불로 숨어버리지 않았는가!"

이런저런 말이 여기저기서 터져 나왔고, 농노들은 마름을 처단하기로 했다. 그리스도 수난 주간에 마름은 농노들을 불러 부활제 기간 동안 귀리 씨를 뿌려야 하니 밭을 갈아놓으라고 명령을 내렸다. 농노들은 이에 분개했고, 바실리네 뒷마당에 모여서 다시 의논을 하기 시작했다.

"그놈은 신을 믿지 않는 것이 틀림없네. 그렇지 않고서야 어떻게 부활절을 앞두고 일을 시킬 생각을 하겠나? 이젠 정말로 그를 죽여버려야겠네. 어차피 죽을 목숨인데 거리낄 것도 없지!"

그때 표트르 미헤예프가 왔다. 표트르 미헤예프는 온화한 성품으로 이제까지 농노들의 모임에 함께한 적이 없었다. 미헤예프는 그들의 이야기를 듣고는 다음과 같이 말했다.

"여보게, 자네들은 너무나도 큰 죄를 지으려 하고 있네. 사람을 죽이는 것은 끔찍한 일이네. 남의 영혼을 죽이는 건 쉽겠지만, 그럼 죽인 자신의 영혼은 어떻게 되겠는가?

그는 악행을 저지르고 있으니 결국 천벌을 받을걸세. 여보게들, 인내심을 가지게."

바실리는 이 말에 화가 났다.

"그러니까 자네는 살인은 죄악이라는 말인가? 대체 어떤 사람을 죽이는 것이 죄악인가? 선한 사람을 죽이는 것이 죄악이지, 그런 개자식은 신도 죽이라 했네. 고통받는 사람들을 가엾게 생각한다면 그런 미친개는 죽여야 마땅하네. 이대로 놔두면 그놈이 사람들을 완전히 요절을 낼 테니 차라리 죽이지 않는 게 더 큰 죄가 될 것이네! 물론 정말 죽이면 우리는 고초를 겪겠지만, 이 모든 게 다른 사람들을 위해서이지 않은가. 오히려 사람들이 우리에게 고마워할 거네. 그러지 않는다면 마름놈이 침을 질질 흘리며 모두를 패 죽일 테니 말이지. 미헤예프, 자네는 쓸데없는 생각을 하고 있네. 그리스도의 축제일에 모두가 일하러 가는 것보다 더 큰 죄가 있겠나? 자네도 일하러 가기 싫은 건 마찬가지일 거 아닌가!"

미헤예프가 입을 뗐다.

"못 갈 건 또 뭔가? 일하라면 가서 쟁기질을 하면 되지. 이건 나 자신을 위한 일이 아니지 않은가. 하나님은 누구의 죄인지 꿰뚫어보실 거고, 우리는 그저 하나님을 잊지만 않으면 되네. 여보게들, 이건 그냥 내 주장이 아니라네. 악을 악으로 무찌르는 게 맞다면 하나님이 그런 본보기를 보여주셨을 텐데, 그런 적이 없지 않은가. 악으로 악을 쫓아내려 한다면 악이 우리 쪽으로 옮겨 붙을걸세. 살인은 나쁜 행동이네. 게다가 살인을 저지르면 그 피가 자신의 영혼에 들러붙을걸세. 살인은 스스로의 영혼을 피로 물들이는 짓이라네. 악한 자를 죽이는 것은 악을 물리치는 것이라고 생각할 수도 있겠지만, 사실은 그자보다 더 큰 악을 행하게 되는 것이지. 그 대신 불행에 수그리면 불행도 우리에게 수그릴 것일세."

결국 농노들은 이리저리 나뉘어 결론을 내리지 못했다. 어떤 이들은 바실리처럼 생각했고, 다른 이들은 죄악을 받아들이지 말고 견뎌내자는 표트르의 말에 동의했다.

농노들이 부활 주간 첫날 부활대축일 축하 행사를 끝마친 저녁때, 반장이 관청 서기와 함께 지주 집을 다녀왔다. 반장은 마름인 미하일 세묘니치가 농노들에게 내일 귀리 씨를 뿌릴 수 있도록 밭을 갈라고 명령했다고 전했다. 반장은 서기와 함께 온 마을을 한 바퀴 돌면서 모두 밭을 갈 준비를 하라고 일렀다. 누군가는 개울 너머에서, 누군가는 큰길에서부터 밭을 갈기 시작하라는 것이었다. 농노들은 울며 겨자 먹기로 그 명령에 따를 수밖에 없었다.

이튿날 아침에 모두 쟁기를 들고 마을 밖으로 나가 밭을 갈기 시작했다. 교회에서는 아침 기도 시간을 알리는 종이 울렸고, 사람들은 너도나도 기념일을 축하하는 와중에도 농노들은 밭을 갈고 있었다.

마름 미하일 세묘니치는 느지막이 잠에서 깨 집 안을 둘러보러 나갔다. 아내와 (기념일에 맞춰 온) 과부인 딸 등 가족들이 청소를 하고, 몸단장을 하고 있었다. 하인이 말에 마차를 씌웠고, 이들은 기도회에 다녀왔다. 하녀가 사모바르*에 물을 올리자 미하일 세묘니치가 왔고, 가족이 다 같이 차를 마시기 시작했다. 미하일 세묘니치는 차를 실컷 마시고 나서 파이프 담배에 불을 붙이고 반장을 불렀다.

"어떻게 되었는가? 농노들을 밭에 내보냈나?"

"네, 미하일 세묘니치 님."

"어떻게, 모두가 나갔는가?"

"모두가 나갔습니다. 제가 직접 모두에게 일할 구역을 정해주었는걸요."

"정해준 건 정해준 거고, 제대로 일을 하고 있을까? 가서 좀 보게. 그리고 내가 점심 이후에 둘이서 한 데샤티나**씩 갈았는지 보러 간다고 이르게. 제대로 좀 하라고 말이야! 제대로 안 갈린 곳이 나오면, 축제일이라 해도 다들 각오해야 할걸세!"

"알겠습니다."

---

* 러시아의 가정에서 물을 끓이는 데 사용하는 주전자. 18세기에 홍차가 보급되면서 함께 발달했다. 모양은 일정하지 않으나 대개 둥근 화병 모양을 한 것이 많다.

** 1데샤티나는 1.09헥타르이다.

반장이 떠날 채비를 하는데, 미하일 세묘니치가 다시 그를 불러 세웠다. 그러고는 뭔가 더 할 얘기가 있는데 어떻게 말해야 할지 모르겠다는 듯 머뭇대더니 이렇게 말했다.

"다른 게 아니라, 그 날강도 같은 놈들이 나에 대해 뭐라고 하는지도 들어보게. 누가 욕하고, 뭐라고 말하는지 낱낱이 알려주게. 난 이놈들을 잘 알아. 일하기는 싫어하고 농땡이만 피우면서 빈둥대고 싶어하지. 게걸스레 먹거나 축제일을 기념하는 것만 좋아하고, 쟁기질을 쉬면 농사일에 차질이 생긴다는 생각은 안 하거든. 그러니까 누가 뭐라고 말하는지, 그들이 하는 이야기를 듣고 모두 내게 보고하란 말이야. 나는 다 알아야겠어. 자, 어서 가봐. 그리고 숨김없이 전부 내게 말해야 하네."

반장은 말에 올라 농노들이 일하고 있는 들판으로 갔다.

마름의 아내가 남편이 반장과 나누는 대화를 듣고는 남편에게 가서 부탁을 했다. 아내는 얌전한 여자로 마음씨가 고와서 가능한 한 남편을 달래고 농노들을 감싸주려고 했다. 그녀는 남편에게 이렇게 청했다.

"여보, 오늘은 좋은 날이니 그리스도를 위해서라도 죄를 저지르지 말고 농노들을 내버려두세요."

하지만 미하일 세묘니치는 아내의 말을 듣지 않고 그저 비웃을 뿐이었다.

"아, 당신이 지나치게 용감해진 걸 보니 채찍질을 한 지 오래되었나 보군. 당신이 참견할 일이 아니야."

"여보, 제 꿈에 당신이 나왔는데 무척 나쁜 꿈이었어요. 제 말을 들어요, 농노들을 쉬게 해주세요!"

"그만하라니까! 기름진 음식을 배불리 먹으니까 채찍 맛을 잊은 모양이군. 당신도 조심하는 게 좋을 거야!"

세묘니치는 화가 나서 불이 붙은 파이프로 아내의 입을 쿡 찔러서 쫓아내고는 점심이나 내오라고 명령했다.

미하일 세묘니치는 족편과 고기만두, 돼지고기 수프, 구운 새끼돼지, 우유국수를 먹고 버찌로 빚은 술을 마신 후 단 파이를 한 입 베어 물고는 하녀를 불러서 노래를 부르라고 시키곤 자신은 기타를 집어 들고 노래에 맞춰 반주를 하기 시작했다.

미하일 세묘니치가 기분이 좋아져서 계속 앉아서 기타 줄을 뜯으며 하녀와 시시덕거리고 있을 때 반장이 들어와서 들판에서 무엇을 보았는지 보고하기 시작했다.

"쟁기질은 하고 있던가? 할당량을 마칠 수 있을 것 같나?"

"이미 절반이 넘게 끝났습니다."

"쟁기질이 안 된 곳은 없나?"

"못 봤습니다. 농노들이 쟁기질을 열심히 합니다. 겁이 난 모양이에요."

"흙도 곱게 다지고?"

"양귀비 씨같이 아주 곱게 다져졌습니다."

마름은 잠자코 있다가 다시 입을 열었다.

"나에 대해서는 뭐라고들 하던가?"

반장이 우물쭈물하기 시작하자 미하일 세묘니치는 사실대로 모두 고하라고 다그쳤다.

"모조리 말해! 꾸며대지 말고, 그자들이 했던 말을 그대로 해. 사실대로 말하면 상을 줄 터이고, 놈들을 감싼다면 보상은커녕 경을 칠 테니까. 어이, 카츄샤, 이자가 용기를 낼 수 있게 보드카 한 잔 갖다줘."

하녀가 보드카를 가지고 와서 반장에게 건네주었다. 반장은 감사의 인사를 하고, 보드카를 들이켠 후 마음이 약해져서는 입을 열었다.

'어차피 마찬가지지, 그를 칭송하지 않는 것이 내 탓은 아냐, 그가 명령했으니 진실을 말해야겠어.'

반장은 용기를 내 말하기 시작했다.

"불평을 해댑니다, 미하일 세묘니치 님. 투덜대더라고요."

"뭐라고 말하던가? 이야기해보게."

"모두가 '마름이 신을 믿지 않는다'고 이야기를 합니다."

그러자 마름이 웃기 시작했다.

"누가 그리 말했지?"

"누구랄 것도 없이 모두가 그렇게 말합니다. 미하일 세묘니치 님이 악에 복종하는 것 같다고들 합니다요."

마름이 또 웃었다.

"그건 괜찮아. 누가 뭐라 했는지 차례차례 이야기해봐. 바시까*가 그렇게 말하든가?"

반장은 동료들에 대해서 나쁘게 말하고 싶지는 않았지만, 바실리와는 오래전부터 불화가 있었다.

"바실리는 그 누구보다도 심하게 욕합니다요."

"그래? 뭐라고 하든가? 어서 말해봐."

"입에 담기조차 무섭습니다요, '그 작자는 개처럼 죽을 거다'라고 했습니다."

"흥, 장하기도 하지! 그놈은 말은 그렇게 하면서 왜 날 진작 죽이지 않은 거지? 일손이 많이 느린가? 좋아, 바시까, 네놈과는 당장 셈을 치러줄 테다. 그다음 치슈카도 물론 그랬겠지?"

"모두가 나쁘게 말합니다요."

"그러니까 뭐라고 했느냔 말이야!"

"입에 올리기만 해도 천벌을 받을 겁니다요."

"뭐가 천벌을 받아? 겁내지 말고 말해보라니까."

"미하일 세묘니치 님이 배가 터져서 창자가 흘러나왔으면 좋겠다고들 합니다요."

미하일 세묘니치는 이 말이 몹시 재미있다는 듯 하하하 웃기 시작했다.

---

* 바실리의 애칭.

"두고 보자, 누구 창자가 먼저 흘러나오나. 누가 말한 거지? 치슈카였나?"

"좋은 말을 한 사람은 아무도 없고, 모두가 욕하고 저주를 퍼부었습니다요."

"페트로시카 미헤예프는 어때? 놈은 뭐라고 하던가? 그 빌어먹을 자식도 물론 욕을 했겠지?"

"아뇨, 표트르는 욕을 안 합니다."

"그럼 어떻게 했나?"

"모든 농노들 중에서 표트르만 아무 말도 안 했습니다요. 이해하기 어려운 놈이지요! 저는 표트르한테 놀랐습죠!"

"뭐에 놀랐는데?"

"그가 한 행동 때문예요! 농노들도 다 놀랐습니다."

"도대체 뭘 했냐니까?"

"정말 이상한 일이었습죠. 제가 그자에게 다가갔을 때, 그자는 투르킨의 비탈진 언덕을 갈고 있었습니다. 그자에게 가까이 다가가니 어디선가 노래를 부르는 소리가 들리는데, 자그마한 노랫소리가 꽤나 훌륭했습죠. 그런데 쟁기 손잡이 사이에서 뭔가가 빛나는 게 아니겠어요."

"그래서?"

"말 그대로 불빛이 빛나고 있었습니다. 가까이 다가가서 보니 5코페이카*짜리 양초가 쟁기의 가로대 위에 세워져 있는데, 바람이 불어도 불이 안 꺼지더라고요. 표트르는 새 옷을 입은 채 쟁기질을 하면서 부활절 노래를 부르고 있었습죠. 그러고는 방향을 틀어 쟁기를 터는데도 촛불은 꺼지지 않더라고요. 제 앞에서 쟁기를 털고 옮겨서, 다시 쟁기를 질질 끄는데도 촛불은 사그라지지 않더라니까요!"

"표트르가 뭐라고 말을 하던가?"

"아무 말도 없었습니다요. 저를 보더니만 인사를 하고는 다시 노래를 부르기 시작했습죠."

"그럼 자네는 뭐라고 했고?"

"저도 아무 말도 안 했습니다. 그런데 다른 농노들이 몰려와서는 표트르를 비웃기 시작했습죠. '여기 좀 보슈. 미헤예프는 부활절에 밭일을 했으니까 아무리 참회해도 용서받을 수 없을 거야' 하고 놀려대더군요."

"그가 뭐라던가?"

"그는 단지 '땅 위에는 평화, 사람에게는 선한 마음이 있을지어다!'라고 말하곤 또다시 쟁기를 집어 들고는 말을 움직여 가느다란 목소리로 노래를 부르기 시작했습니다. 촛불은 여전히 꺼지지 않고 타오르고 있었습죠."

---

* 러시아의 소액 화폐 단위. 1루블은 100코페이카이다. 현재 1코페이카는 약 0.36원으로 구매력이 거의 없는 화폐이다.

마름은 웃음을 멈추고 기타를 내려놓더니 고개를 숙이고 생각에 잠겼다. 그는 한참을 그렇게 앉아 있다가, 하녀와 반장을 물리곤 커튼 뒤로 들어가서 침대에 누워 한숨을 쉬기 시작했다. 그는 짚단이 실린 수레를 끄는 말처럼 끙끙 앓는 소리를 냈다. 아내가 마름에게 다가가서 말을 걸었지만 그는 대답을 하지 않았다. 다만 "그놈이 나를 이겼구나! 이젠 내가 당할 차례구나!"라고만 중얼거렸다.

아내가 그를 설득하기 시작했다.

"여보, 가서 농노들을 집으로 보내주세요. 그렇게만 하면 아마 별일 없을 거예요! 당신은 무슨 일을 하든 두려워하지 않았는데 지금은 대체 무엇에 그리 겁을 내시나요?"

"난 이제 끝났어. 그놈이 나를 이겼다고."

그러자 아내가 큰소리로 말했다.

"자꾸 그놈이 이겼다, 그놈이 이겼다고만 하면 어쩌자는 거예요? 가서 농노들을 집으로 보내주면 모든 일이 잘 해결될 거예요. 가세요, 제가 말에 안장을 얹으라고 할게요."

하인들이 말을 끌고 왔고, 아내가 마름에게 들판으로 나가 농노들을 집으로 보내라고 설득했다.

미하일 세묘니치는 말을 타고 들로 나갔다. 마을 입구에 이르자 아낙 하나가 문을 열어주어서 마을로 들어설 수 있었다. 사람들은 그를 보자마자 누군가는 뒤꼍으로, 누군가는 집 모퉁이로, 누군가는 텃밭으로 그를 피해 숨었다.

마름은 마을을 다 지나 들판으로 나가는 문으로 다가갔다. 문은 잠겨 있었는데, 말에 탄 채로는 문을 열 수가 없었다. 마름이 문을 열라고 소리쳤지만 아무도 대답이 없었다. 마름은 말에서 내려 손수 문을 열고는 문 근처에서 다시 말에 올라타려고 했다. 마름은 한쪽 다리를 등자에 끼워 넣고 안장에 올라타려고 했는데, 그 순간 말이 갑자기 달려 나온 돼지를 보고는 깜짝 놀라 옆 울타리에 부딪치고 말았다. 마름은 몸무게가 많이 나갔기 때문에 안장에 오르지 못하고 그만 말에서 떨어져 울타리에 엎어지고 말았다. 하필 울타리 끝부분에 뾰족하게 깎인 말뚝이 있었는데, 그의 뚱뚱한 배가 그 말뚝 끝에 꽂히고 말았다. 마름은 배가 터진 채 땅바닥으로 떨어졌다.

　잠시 후 농노들이 쟁기질을 마치고 돌아왔다. 그런데 어찌된 일인지 말들이 콧김을 내뿜으며 문 안으로 들어가려고 하지 않았다. 농노들이 살펴보니 미하일 세묘니치가 땅바닥에 나자빠져서 양 팔을 벌린 채 누워 있었는데, 두 눈은 움직임이 없었으며, 창자가 땅바닥에 흘러나오고 피가 괴어 웅덩이처럼 되어 있었다. 땅이 그의 피를 빨아들여주지 않았기 때문이다.

　농노들은 깜짝 놀라서 말을 몰고 달아나버렸다. 오직 표트르 미헤예프만이 말에서 내려 마름에게 다가가 그가 죽었다는 사실을 확인하곤, 두 눈을 감겨준 후 짐수레에 말을

매어 아들과 함께 시체를 실은 다음 지주의 집으로 데리고
갔다.

　지주는 모든 일을 알게 되고는 농노들을 모든 부역에서
해방시켜주고 소작료만 바치게 했다.

　그러자 농노들도 신의 권능이 악이 아닌, 선에 있다는 사
실을 알게 되었다.

사람은 무엇으로 사는가

우리가 형제를 사랑함으로 사망에서 옮겨 생명으로 들어간
줄을 알거니와 사랑하지 아니하는 자는 사망에 머물러 있느니라.
_요한일서 3장 14절

누가 이 세상의 재물을 가지고 형제의 궁핍함을 보고도 도와줄
마음을 닫으면 하나님의 사랑이 어찌 그 속에 거하겠느냐?
자녀들아 우리가 말과 혀로만 사랑하지 말고 행함과
진실함으로 하자.
_요한일서 3장 17-18절

사랑하는 자들아 우리가 서로 사랑하자. 사랑은 하나님께
속한 것이니 사랑하는 자마다 하나님으로부터 나서 하나님을
알고 사랑하지 아니하는 자는 하나님을 알지 못하나니 이는
하나님은 사랑이심이라.
_요한일서 4장 7-8절

어느 때나 하나님을 본 사람이 없으되 만일 우리가 서로
사랑하면 하나님이 우리 안에 거하시고 그의 사랑이 우리 안에
온전히 이루어지느니라.

_요한일서 4장 12절

하나님은 사랑이시라. 사랑 안에 거하는 자는 하나님 안에
거하고 하나님도 그의 안에 거하시느니라.

_요한일서 4장 16절

누구든지 하나님을 사랑하노라 하고 그 형제를 미워하면 이는
거짓말하는 자니 보는 바 그 형제를 사랑하지 아니하는 자는
보지 못하는 바 하나님을 사랑할 수 없느니라.

_요한일서 4장 20절

1

한 구두장이가 아내와 아이들과 함께 어떤 농부의 집에 세
들어 살고 있었다. 그는 집도 땅도 없기에 구두 수선으로 가
족들과 먹고살았다. 빵은 비싼데 수선 삯은 쥐꼬리만 해서
버는 족족 입으로 들어갔다. 구두장이는 아내와 외투 한 벌
을 같이 입었는데, 이 외투마저 너무나도 닳아 해진 것이었

다. 그래서 구두장이는 새 외투에 쓸 양가죽을 사려고 벌써 두 해째 벼르고 있었다.

가을 무렵 돈이 조금 모였다. 아내의 돈 상자에 3루블*이 있었고, 마을의 농부들에게 받을 외상값이 5루블 20코페이카가량 되었다.

어느 날 아침 구두장이는 외투를 사러 마을에 갈 채비를 했다. 아침을 먹은 뒤 셔츠 위에 아내의 솜옷을 입고, 그 위에 모직으로 된 카프탄**을 걸친 그는 3루블짜리 지폐를 주머니에 넣곤 지팡이로 쓸 나뭇가지를 꺾어서 집을 나섰다. 그는 '농부들에게 5루블을 받으면 내 돈 3루블을 보태서 외투에 쓸 양가죽을 사야지' 하고 생각했다.

마을에 도착한 구두장이는 한 농부의 집을 찾아갔다. 그러나 농부는 집에 없었고, 농부의 아내는 일주일 안으로 남편 편에 돈을 보내겠다고 약속만 했지 돈은 주지 않았다. 그는 다음 농부의 집으로 향했다. 그러나 그 역시 하늘에 맹세코 돈이 없다며 장화 수선비로 고작 20코페이카를 줄 뿐이었다. 구두장이는 양가죽을 외상으로 사려 했지만 양가죽 장수는 외상을 허락하지 않았다.

"돈을 가져오고 나서 원하는 가죽을 고르슈. 외상값 받기

---

* 러시아의 통화 단위이다. 14세기부터 사용되어 왔으며, 1루블은 100코페이카이다.
** 표트르 대제 이전에 유행한 옷자락이 긴 코트.

가 얼마나 어려운지 우리 둘 다 잘 알잖아요."

이렇게 해서 구두장이가 손에 넣은 거라고는 수선비로 받은 20코페이카와 어느 농부가 장화의 가죽을 기워달라며 맡긴 낡은 털 장화가 전부였다.

속이 상한 구두장이는 보드카를 마시는 데 20코페이카를 모조리 써버리고는 양가죽은 사지 못한 채 집으로 향했다. 아침에는 추운 것 같았는데, 술을 마시고 나니 외투 없이도 따뜻했다. 구두장이는 길을 따라 가며 한 손으로는 지팡이로 꽁꽁 언 진흙길을 두드리고, 또 다른 한 손으로는 장화를 휘두르며 혼잣말을 했다.

"흥, 외투 없이도 따뜻하기만 하구나. 보드카 한 잔을 마셨더니 몸이 후끈한걸. 외투 따위는 필요 없겠어. 걱정 같은 건 잊고 걷고 있다고. 이 몸은 그런 분이니까! 문제없어! 그깟 외투 없이도 얼마든지 살 수 있어. 백 년이 지나봐라, 외투가 필요한가! 그나저나 마누라가 안달복달하겠군. 꽤나 실망할 텐데. 정말 분한 건, 죽어라 일을 하고도 이렇게 무시를 당한다는 거야. 가만 보자, 그놈이 약속한 대로 돈을 안 가져오면 털모자를 벗겨버리고 말 테다! 대체 이게 뭐람? 고작 20코페이카를 주다니! 이걸 가지고 대체 뭘 하란 말이지? 술 한 잔이면 끝나는구먼. 생활이 곤란하다고? 그래, 그렇다 치고, 그럼 나는 어떻고? 너희는 집도 있고, 가축도 있지만, 난 아무것도 없다고. 너희는 직접 농사를 지어서 먹고 살지만, 나는 사서 먹어야 해. 일주일에 빵 값만 3루블이라고. 집에 가면 빵이 없을 테니, 또다시 1루블하고 50코페이카를 줘야 해. 그러니까 너희들도 내 돈을 갚아줘야겠어."

그렇게 걷다보니 구두장이는 어느새 길모퉁이 예배당 근처에 이르렀다. 그런데 예배당 뒤에 무언가 희끄무레한 것이 있었다. 구두장이는 찬찬히 바라보았지만 이미 날이 어둑어둑해지고 있어서 무엇인지 알 수 없었다.

'이런 곳에 바위는 없었던 것 같은데. 짐승 같지는 않고. 머리통은 사람을 닮았는데, 뭔가 허옇단 말이야. 그리고 사람이 왜 이런 곳에 있겠어?'

구두장이는 더 가까이 다가갔다. 그제야 물체가 분명히 보였다. 대체 이게 무슨 일이란 말인가! 분명히 사람이었다. 그런데 죽었는지 살았는지 알 길이 없었고, 벌거벗은 채 예배당에 기대 앉아 미동도 없었다. 구두장이는 무서운 생각이 들었다.

'누군가 사람을 죽여서 옷을 벗기곤 여기 버려놨군. 가까이 다가갔다가 무슨 봉변이라도 당할지 몰라.'

그래서 구두장이는 그 옆을 그냥 지나갔다. 예배당 모퉁이를 돌자 그 남자의 모습은 보이지 않았다. 하지만 예배당을 좀 지나 뒤를 돌아봤더니 그 사람이 벽에서 몸을 일으켜 움직이고 있었다. 구두장이는 덜컥 겁이 났다.

'가까이 가볼까? 아니, 그냥 지나갈까? 혹시 갔다가 험한 꼴이라도 당하면 어쩌지? 저 사람이 어디서 뭐하다 온 사람인지도 모르잖아. 나쁜 일을 하다가 이곳에 온 것일 수도 있다고. 괜히 가까이 갔다가 저 사람이 벌떡 일어나서 내 목을 졸라버릴지도 몰라. 목은 안 조른다고 해도 아마도 귀찮은 일이 생기겠지. 저 벌거숭이를 어떻게 해야 하지? 그렇다고 내 옷을 벗어줄 순 없지, 이 옷 딱 한 벌 있는데 말이야. 에잇, 알 게 뭐람!'

그러고는 구두장이는 걸음을 재촉했다. 하지만 그는 예배당을 지나치면서 양심의 가책을 느꼈다. 그는 가던 길을 멈추고 속으로 생각했다.

'세묜, 무슨 짓이야? 사람이 고통 속에서 죽어가는데, 너는 소심해져서는 그냥 지나쳐버리다니! 그런다고 퍽이나 부유해지겠다. 네가 가진 것을 강탈해갈까봐 두려운 거냐? 세묜, 이건 옳지 못한 행동이야!'

세묜은 뒤돌아서 그 사람에게 다가갔다.

2

다가가서 이리저리 살펴보니 사내는 젊은 사람이었는데 얻어맞은 흔적은 보이지 않았다. 다만 추위에 몸이 꽁꽁 언 채겁에 질려 있는 것 같았다. 그는 벽 한쪽에 기대어 앉아 있었는데, 힘이 없어서 눈꺼풀을 들어 올려 세묜을 쳐다보지도 못했다. 세묜이 가까이 다가가자 갑자기 사내가 정신이 드는지 고개를 돌려 두 눈을 뜨고 세묜을 바라보았다. 그 눈빛을 보자 세묜은 젊은이가 마음에 들었다. 그는 손에 든 장화를 땅에 내려놓고, 허리띠를 풀러 그 위에 올려놓고는 외투를 벗었다.

"이런 날씨에 벌거벗다니 생각 좀 하고 살게! 자, 어서 이걸 입게!"

세묜은 젊은이를 부축해서 일으켰다. 젊은이가 일어서자 마르고 깨끗한 몸, 거칠지 않은 팔다리와 애처로운 얼굴이 눈에 들어왔다.

세묜이 외투를 입혀주려고 어깨에 옷을 걸쳐줬지만 젊은이는 소매에 팔을 넣지 못했다. 세묜은 젊은이의 팔을 끼워주고 옷자락을 잡아당겨 외투를 단단히 여민 다음 허리띠를 둘러 매주었다.

그리고 누더기 모자를 벗어 젊은이에게 씌워주려 했는데 머리가 너무 시렸다. 세묜은 '나는 머리카락이 완전히 다 빠져버렸는데, 이 젊은이는 머리카락이 곱슬곱슬하고 길군' 하고 생각하고는 모자를 다시 썼다.

'차라리 장화를 신겨주는 게 낫겠군.'

세묜은 젊은이를 앉혀서 털 장화를 신겨주고는 이렇게 말했다.

"젊은이, 다리를 좀 뻗고 몸을 따뜻하게 해보게. 넘어지는 김에 쉬어가는 거라고 생각하게나. 걸을 수 있겠는가?"

젊은이는 일어서서 세몬을 감동한 눈빛으로 바라보았지만 말은 한마디도 꺼내지 않았다.

"왜 입을 다물고 있는가? 여기서 겨울을 보낼 순 없네. 집으로 가야지. 힘들다면 내 지팡이에 기대게. 자, 걸어봐!"

젊은이가 걸음을 옮겼다. 세몬에게 뒤지지 않고 가벼이 잘 움직였다. 그렇게 걷다가 세몬이 말했다.

"어디서 왔나?"

"타지 사람입니다."

"여기 사람이었으면 내가 알았겠지. 어쩌다 예배당까지 오게 된 건가?"

"말씀드릴 수 없습니다."

"나쁜 놈들이 괴롭힌 거로구먼?"

"아닙니다. 아무도 그러지 않았어요. 하나님께서 제게 벌을 주셨지요."

"그야 모든 것이 하나님의 뜻이지. 알겠네, 그래도 어디로든 가야 하지 않겠나. 어디로 갈 생각인가?"

"아무 곳이나 상관없어요."

세몬은 젊은이의 대답에 깜짝 놀랐다. 젊은이는 나쁜 사람 같지는 않았고 말씨도 온순했는데, 자기 자신에 대해서는 이야기하지 않았다. 세몬은 생각했다.

'세상에는 별의별 일이 다 있지.'

그러고는 젊은이에게 말했다.

"그렇다면 우리 집으로 가세. 조금이라도 있다 가게."

앞서 가는 세몬을 따라 낯선 젊은이도 계속 걸었다. 바람이 세몬의 옷 속으로 파고들자 취기가 가시면서 몸이 얼어붙기 시작했다. 세몬은 코를 훌쩍거리면서 아내의 솜옷을 더욱 단단히 여미며 생각했다.

'이게 다 무슨 일이야. 외투를 사러 나온 건데 입었던 외투마저 없애고 거기다 벌거숭이 사내까지 집에 데리고 가다니. 마트료나에게 잔소리깨나 듣겠군!'

마트료나에 대해 생각하자 세몬은 우울해졌다. 그러나 예배당 뒤에 있던 젊은이가 어떤 시선으로 자신을 바라보았는지 떠올리고는 이내 마음이 가벼워졌다.

3

세몬의 아내는 집 안을 일찍 치웠다. 그녀는 장작을 패고, 물을 긷고, 아이들을 먹인 후 자신도 식사를 하면서 생각에 잠겼다. 빵을 오늘 구울지, 내일 구울지 생각하는 중이었다. 아직 빵은 큰 덩어리 하나가 남아 있었다.

'세몬이 점심을 먹고 들어오면 저녁을 조금 먹을 테니, 내

일까지는 빵이 충분하겠군.'

마트료나는 빵 조각을 이리저리 돌려보며 생각했다.

'오늘은 빵을 만들지 말아야겠어. 밀가루도 고작 빵 한 번 구울 만큼밖에 없는걸. 금요일까지 버텨봐야겠다.'

마트료나는 빵을 치우고 천을 덧대 남편의 셔츠를 깁기 위해 식탁 옆에 앉았다. 마트료나는 바느질을 하면서 남편이 어떤 양가죽을 사올지 생각했다.

'양가죽 장수가 남편을 속이진 않았겠지? 사람이 너무 어수룩하단 말이야. 자기는 아무도 속이지 못하면서 정작 어린애한테도 쉽게 속으니, 원. 8루블은 적은 돈이 아니야. 좋은 가죽을 살 수 있었겠지. 무두질이 된 것까진 바라지 않아. 하지만 그 돈이면 가죽을 살 수 있었을 거야. 지난겨울엔 외투 없이 너무 힘들었어! 강가든 어디든 도무지 나갈 수가 없었잖아. 그이가 외출할 때면 온갖 옷을 다 입고 나가서 나는 아무것도 입을 게 없었다고. 일찍 떠난 건 아니지만 이제 올 때가 되었는데. 혹 술을 진탕 퍼마시지는 않았겠지?'

마트료나가 막 이런 생각을 하는 순간, 현관 계단이 삐걱거리더니 누군가 들어왔다. 마트료나는 얼른 바늘을 찔러 넣고 현관으로 나갔다. 가서 보니 두 사람이 들어오고 있었다. 세묜과 털 장화를 신었지만 모자는 안 쓴 어떤 남자였다. 마트료나는 곧바로 남편이 술을 마셨다는 것을 알아챘다.

'결국 술을 퍼마셨구먼.'

그녀는 남편이 외투도 없이 솜옷 바람으로 손에 아무것도 들지 않고 말없이 움츠리고 서 있는 것을 보자 화가 머리 끝까지 치밀었다.

'이 쓸모도 없는 인간이랑 술을 퍼마시느라 돈을 몽땅 날리고는 그것도 모자라 집에 데리고 오기까지 하다니!'

마트료나가 이들을 집 안으로 들이고 나서 보니 젊은이는 이 동네 사람이 아니었다. 그가 빼빼 마른 몸에 걸친 외투도 바로 자기네 것이었다. 외투 속에는 셔츠도 안 입은 것 같았고, 모자도 없었다. 젊은이는 들어와서도 움직이지 않고 그대로 서서 바닥만 내려다보고 있었다. 마트료나는 생각했다.

'겁먹은 걸 보니 뭔가 나쁜 일을 저지른 게 분명하군.'

마트료나는 얼굴을 찡그리며 페치카*로 다가가서 이들 때문에 어떤 일이 생길지 생각했다.

세몬은 아무 일도 없다는 듯이 털모자를 벗고 나무 의자에 앉았다.

"마트료나, 저녁 좀 준비해줘!"

마트료나는 페치카 옆에 멀뚱히 서서는 남편을 바라보았다가 젊은이를 바라보기를 반복하면서 고개만 절레절레 흔

---

* 러시아풍의 난로로, 벽면의 일부로 되어 있고, 따뜻해진 벽돌로부터의 복사열 난방 기구이기도 하다.

들 뿐이었다. 세묜은 아내가 화가 났다는 사실을 알아챘지만, 어쩔 수 없었다. 그래서 짐짓 모른 체하며 젊은이의 손을 잡아끌었다.

"여기 앉게나. 같이 저녁을 들게."

젊은이가 나무 의자에 앉았다.

"아직 저녁 준비가 안 된 거요?"

마트료나가 마침내 화를 버럭 내며 말했다.

"있기는 하지만 당신 줄 건 없어요. 보아 하니 당신은 이제 양심까지 홀라당 마셔버린 것 같구려. 외투를 마련하러 간 사람이 입고 있던 외투까지 남에게 내주고 헐벗은 떠돌이까지 데려왔군요. 당신들 같은 주정뱅이들 줄 저녁은 없어요."

"마트료나, 생각 없이 지껄일 거야? 먼저 누군지 물어봐야지……."

"당신이나 말해봐요, 대체 돈은 어쨌어요?"

세묜은 외투 주머니에 손을 넣어 돈을 꺼내 펼쳤다.

"여기 가져간 돈이 있고, 트리포노프는 돈을 안 줬어. 내일 주겠대."

외투도 사지 못하고, 딱 한 벌 있는 외투는 알지도 못하는 웬 벌거숭이에게 입혀서 집으로 데려오다니 마트료나는 더욱 화가 났다. 마트료나가 식탁에서 돈을 낚아채 숨기러 가면서 말했다.

"저녁 식사는 없어요. 벌거숭이와 주정뱅이 모두를 먹일 순 없지."

"이봐, 마트료나, 말 조심해. 먼저 뭐라고 말하는지 들어 보자고……."

"술 취한 바보가 퍽이나 제대로 된 말을 하겠네요. 이 주정뱅이, 어쩐지 당신이랑 결혼하기 싫더라니. 당신은 엄마가 나한테 주신 옷감도 술 마시느라 다 탕진해버렸죠. 오늘도 외투를 사러 간다더니 술만 퍼마셨네."

세묜은 아내에게 고작 20코페이카어치를 마셨을 뿐이라고 변명하고, 이 젊은이를 어디서 발견했는지 말하고 싶었지만 마트료나는 세묜이 입을 열 틈을 주지 않았다. 어디서 쏟아져 나오는지 한 번에 두 마디씩 해대면서 10년 전 일까지도 들먹였다.

마트료나는 말하고 또 말하다가 세묜에게 갑자기 다가가서는 그의 소매를 붙잡았다.

"내 옷 내놔요. 하나 남았는데 벗겨가서는 혼자서만 입고 다니고. 이리 내놓으라고, 이 곰보딱지 못난 인간아! 어디서 흠씬 두들겨 맞기라도 했으면!"

세묜은 옷을 벗으려고 했는데, 한쪽 소매가 뒤집어졌다. 그새를 못 참고 아내가 그것을 잡아당기는 바람에 솔기가 뜯어지고 말았다. 마트료나는 옷을 낚아채서는 머리 위에 두르고 문 쪽으로 달려갔다. 그렇게 밖으로 나서려다 걸음을 멈췄다. 화를 잠시 누르고 일단 이 남자가 누구인지 알아봐야겠다는 생각이 들었다.

4

마트료나는 걸음을 멈추고 말했다.

"만약 착한 사람이라면 그렇게 헐벗고 있지 않았을 텐데, 보아 하니 이 사람은 셔츠도 안 입고 있네요. 당신이 정말 좋은 일을 한 거라면 이 멋쟁이를 어디서 데리고 왔는지 말할 수 있겠죠."

"그러니까 내가 벌써부터 이야기하려고 했다고. 길을 걸어가는데, 예배당 근처에 이 젊은이가 헐벗은 채로 몸이 꽁꽁 얼어붙은 채 있었소. 여름도 아닌데 벌거벗은 채로 말이오. 하나님이 나를 그에게 인도하신 거지. 만약 내가 그리로 가지 않았다면 이 젊은이는 그대로 얼어 죽었겠지. 그러한 상황에서 내가 어떻게 했어야 한단 말이오? 젊은이가 겪은 일로도 모자라서 나까지 그를 외면해야 했단 말이오? 그래서 내가 옷을 입혀서 데려온 거요. 진정 좀 해요. 누구든 곤경에 처할 수 있는 것 아니겠소."

마트료나는 욕을 해주고 싶었지만, 젊은이를 바라보고는 입을 다물었다. 떠돌이는 나무 의자 끄트머리에 앉아서 죽은 것처럼 미동도 없었다. 두 손은 무릎 위에 올려놓고, 고개는 푹 숙인 채 눈을 가늘게 떠서는 무언가 그를 짓누르는 것처럼 얼굴을 찡그리고 있었다. 마트료나가 계속 입을 다물고 있자 세묜이 말했다.

"마트료나, 당신 마음속엔 하나님도 없소?"

마트료나가 이 말을 듣고는 떠돌이를 다시 한번 바라보았다. 그러자 갑자기 마음이 누그러졌다. 그녀는 문에서 물러나 페치카가 있는 구석으로 다가가 저녁거리를 꺼냈다. 식탁에 컵을 꺼내 놓고 크바스*를 따르고, 마지막으로 남은 빵 조각을 내왔다. 나이프와 숟가락도 내왔다.

"어서들 드세요."

세묜이 젊은이를 식탁으로 데려갔다.

"어서 들게."

세묜이 빵을 잘라서 건네고 함께 먹기 시작했다. 마트료나는 식탁 모서리에 팔을 괴고 앉아 낯선 젊은이를 바라보았다. 그러자 이 젊은이가 가여웠고 잘해주고 싶다는 마음이 들었다. 그 순간 젊은이는 생기 도는 얼굴로 눈을 들어 마트료나를 바라보고는 미소 지었다. 저녁 식사가 끝나자 마트료나는 상을 치우고 젊은이에게 질문을 하기 시작했다.

"어디서 왔어요?"

---

* 보리와 호밀을 발효시켜 만든 가벼운 알코올 음료.

"저는 여기 사람이 아닙니다."

"어쩌다가 길거리에 나앉게 되었수?"

"말씀드릴 수 없습니다."

"강도라도 만난 거요?"

"저는 하나님께 벌을 받았습니다."

"그래서 벌거벗은 채 쓰러져 있었다는 거예요?"

"네. 벌거벗은 채 온몸이 얼어가고 있었지요. 세몬이 저를 보고는 가엾게 여겨 외투를 벗어서 제게 입혀주고는 함께 가자고 했어요. 그리고 아주머니는 제게 먹을 것과 마실 것을 주면서 인정을 베풀어주셨고요. 두 분께 하나님의 은총이 내릴 것입니다!"

마트료나가 일어나서 창문에 걸려 있는 세몬의 낡은 셔츠를 가져다 떠돌이에게 주고, 바지도 한 벌 내밀었다.

"보아 하니 셔츠도 없는 것 같은데, 이거 입고 긴 의자 위나 페치카 근처 눕고 싶은 곳에 누워요."

젊은이는 외투를 벗고 셔츠와 바지를 입은 후 긴 의자 위에 누웠다. 마트료나는 등잔불을 끄고 외투를 집어 들어 남편에게 다가갔다. 마트료나는 외투 끄트머리로 몸을 덮고 누웠지만 젊은이에 대한 생각이 머릿속에서 가시질 않아 잠이 오지 않았다.

게다가 그가 마지막 빵 조각을 먹어치워서 당장 내일 먹을 빵이 없고, 셔츠와 바지까지 내준 걸 생각하면 그녀는 마음이 너무나도 무거웠지만, 그의 미소를 떠올리니 기쁜 마음이 들었다.

마트료나는 오랫동안 잠들지 못했는데 외투 자락을 자꾸 잡아당기는 것을 보니 세묜도 잠들지 못하는 것 같았다.

"세묜!"

"응?"

"마지막 남은 빵을 다 먹어버렸는데 반죽도 안 해놨으니 내일은 어떻게 해야 할지 모르겠어요. 말라냐 부인께 부탁해볼게요."

"굶어 죽기야 하겠어."

마트료나는 누운 채로 잠깐 침묵했다.

"보아 하니 좋은 사람 같은데, 자신에 대해서는 말을 아끼네요."

"해서는 안 되나 보지."

"세묜!"

"왜?"

"우리는 이렇게 남을 도와주는데, 어째서 우리를 도와주는 사람은 없을까요?"

세묜은 무슨 말을 해야 할지 몰랐다.

"그만 잠이나 자라고."

그러고는 등을 돌리고 잠이 들었다.

5

다음날 아침 세묜이 눈을 떠보니 아이들은 아직 자고 있었고, 아내는 이웃에게 빵을 얻으러 가고 없었다. 어제 집으로 데리고 온 젊은이는 낡은 바지와 셔츠를 입은 채 혼자 나무 의자에 앉아 천장을 바라보고 있었다. 그의 얼굴은 어제와는 달리 한층 빛이 났다.

세묜이 말했다.

"이보게 젊은이, 뱃속에선 밥을 달라 하고, 몸뚱이는 옷을 달라고 하니 일을 해야 하지 않겠는가? 어떤 일을 할 줄 아는가?"

"저는 아무것도 할 줄 모릅니다."

세묜이 놀라서 말을 이었다.

"배울 마음은 있겠지? 사람들은 뭐든 배운다네."

"사람들이 일을 하니, 저도 일하겠습니다."

"자네 이름이 뭔가?"

"미하일입니다."

"미하일, 자신에 대해 말하고 싶지 않다면 상관없네만 밥은 먹고 살아야 하지 않나. 시키는 대로 일을 하면, 먹여주겠네."

"고맙습니다. 일을 배우겠습니다. 뭐든 가르쳐주세요."

세묜은 실을 들어 손가락에 감고는 매듭을 만들었다.

"기교가 필요한 일은 아닐세. 여기 보게……."

미하일은 한 번 보고는 실을 손가락에 감아서는 바로 똑같이 따라서 매듭을 만들었다.

세묜은 다음에는 그에게 꼰 실을 찌는 방법을 보여주었다. 미하일은 이번에도 곧바로 이해했다. 세묜은 코바늘을 어떻게 쥐어야 하는지, 그리고 어떻게 박음질을 하는지 보여주었는데 미하일은 이 역시도 바로 배웠다. 세묜이 어떤 일을 보여주든 미하일은 바로 배웠고, 사흘째 되는 날부터는 바늘을 쥐고 태어난 사람처럼 일을 잘하게 되었다. 그는 밤낮으로 일했고 조금 먹었는데, 때때로 일을 하다 멈추고는 말없이 앉아 천장만 바라보았다. 외출도 하지 않았고, 쓸데없는 말을 하지도 않았으며, 농담을 하거나 웃는 법도 없었다. 부부가 그의 미소를 본 것은 그가 이 집에 온 날 저녁 마트료나가 그를 위해 저녁 식사를 준비했을 때 한 번뿐이었다.

6

하루가 지나고, 한 주가 지나고, 한 해가 쏜살같이 흘렀다. 미하일은 여전히 세묜의 집에서 일하고 있었다. 미하일에 대한 소문은 사방에 퍼졌다. 그 누구도 세묜네 일꾼 미하일처럼 아주 깨끗하고 단단하게 구두를 만드는 사람은 없다는 것이었다. 그리하여 세묜에게 구두를 맞추려고 마을 밖에서도 찾아올 정도였다. 그 덕분에 세묜네는 생활이 점점 나아졌다.

어느 겨울, 세묜이 미하일과 앉아서 일을 하고 있는데, 말 세 필이 끄는 마차가 요란하게 방울 소리를 내며 세묜네 집으로 다가왔다. 창가에 다가가서 보니 마부석에서 한 소년이 뛰어 내려서는 마차 문을 열었다. 모피 코트를 입은 귀족이 마차에서 나왔다. 그는 마차에서 내려 세묜네 집으로 다가와 현관 계단으로 올라왔다. 마트료나가 뛰어나가 문을 활짝 열었다. 귀족은 구부정하게 집 안으로 들어와 몸을 쭉 폈는데, 덩치가 어찌나 큰지 머리가 천장에 닿을 정도였고, 몸은 방 안에 꽉 들어찼다.

세묜은 일어나서 인사하다 귀족을 보고는 깜짝 놀랐다. 그는 그런 사람들을 본 적이 없었기 때문이었다. 세묜도 말랐고, 미하일은 야윈 데다가, 마트료나도 마른 나뭇가지 같았는데, 귀족은 마치 다른 세상에서 온 사람 같았다. 얼굴은 벌겋고 기름이 흘렀으며, 목은 황소만 했고, 온몸은 무쇠로 되어 있는 것만 같았다.

귀족은 숨을 크게 한번 내쉬더니 외투를 벗고, 나무 의자에 앉아 말했다.

"구둣방 주인이 누구지?"

세묜이 한 걸음 나와 말했다.

"접니다요, 나리."

귀족이 소년에게 소리쳤다.

"이봐, 페디카! 물건을 이리 가져와!"

소년이 꾸러미를 가지고 뛰어 들어왔다. 귀족이 꾸러미를 받아 식탁 위에 놓았다.

"풀어봐."

소년이 꾸러미를 풀었다. 귀족이 손가락으로 가죽을 쿡 찌르며 세묜에게 말했다.

"이보게, 구두장이. 이 물건 보이지?"

"보입니다요, 나리."

"이게 어떤 물건인지 알겠나?"

세묜은 물건을 살펴보고는 말했다.

"좋은 가죽입니다요."

"좋기만 할까! 너 같은 바보는 아직 이런 가죽을 본 적이 없군. 독일에서 20루블이나 주고 산 거라고."

세묜은 소심하게 말했다.

"저희 같은 사람들이 그런 물건을 어디서 봤겠습니까."

"그럼 그렇지. 자네 이걸로 내 발에 맞는 장화를 만들 수 있겠나?"

"할 수 있습니다요, 나리."

귀족이 세묜에게 큰소리로 말했다.

"할 수 있겠다고 했겠다. 그렇다면 자네가 누구를 위해 장화를 만드는지, 무엇으로 만드는지 명심하게. 일 년을 신어도 뜯어지지 않고 모양도 절대 변하지 않는 장화를 만들라고. 그렇게 할 수 있을 때만 가죽을 재단해. 못할 것 같으면 손도 대지 말고. 미리 말하겠는데, 신발이 일 년 내로 뜯어지거나 모양이 변하면 내 자네를 감옥에 처넣을 거고, 일년이 지나도 모양이 변하지 않고 뜯어지지도 않으면 10루블을 주지."

세몬은 겁이 나서 무슨 말을 해야 할지 몰랐다. 그는 미하일을 바라보며 팔꿈치로 쿡 찌르면서 속삭였다.

"일감을 받을까?"

미하일이 고개를 끄덕였다.

"일감을 받으세요."

세몬은 미하일의 말을 듣고는 한 해 동안 뜯어지지도 않고 모양도 변하지 않는 장화를 만들겠다고 했다. 귀족이 소년에게 왼발의 장화를 벗기라고 소리치며 발을 내밀었다.

"치수를 재!"

세몬은 종이를 10베르쇼크* 정도 길이로 잘라 붙여 바닥에 깔았다. 그리고 무릎을 꿇고 귀족의 양말이 더러워지지 않도록 손을 앞치마에 깨끗이 닦아낸 후 치수를 재기 시작했다. 발바닥과 발등의 높이를 잰 다음 종아리를 재려는데 종

---

* 옛날 러시아의 길이 단위. 1베르쇼크는 약 4.5센티미터이다.

이가 닿지 않았다. 거대한 다리는 통나무처럼 두툼했다.

"이봐, 종아리가 끼지 않도록 하란 말이야."

세묜은 종이를 더 덧댔다. 귀족은 앉아서 양말 속 발가락을 꼼지락거리며 집 안에 있는 모든 사람들을 훑어봤다. 그가 미하일을 발견했다.

"이자는 누구지?"

"이 사람이 바로 제 밑에서 일하는 구두공입니다요. 나리의 장화를 만들 것입니다요."

귀족이 미하일에게 말했다.

"이봐, 장화가 일 년 동안 신어도 해지지 않게 만들어야 하는 거 잊지 마."

세묜도 미하일을 바라보았는데, 미하일은 귀족을 바라보는 게 아니라, 귀족 뒤에 있는 구석에 시선을 고정하고 있었다. 마치 누군가 거기 있기라도 한 듯 바라보고 있었다. 미하일은 그렇게 한참을 있더니 갑자기 얼굴을 환히 밝히며 미소를 지었다.

"이 바보 같은 놈, 뭘 히죽거리냐? 기한 내에 장화를 준비하도록 해."

미하일이 말했다.

"때가 되면 서두르도록 하죠."

"암, 그래야 하고말고."

귀족은 장화를 다시 신고 외투를 입고 옷을 여미면서 문으로 다가갔다. 그런데 몸을 숙이는 것을 깜빡 잊어서 그만 문틀에 머리를 부딪치고 말았다. 귀족은 욕설을 내뱉고는 이마를 문지르더니 마차를 타고 떠났다.

귀족이 떠나자 세묜이 말했다.

"정말 대단한 사람이군. 쇠몽둥이로도 죽이지 못할 사람이야. 그렇게 세게 부딪쳤는데도 괜찮아 보이던걸."

마트료나가 말했다.

"그런 으리으리한 곳에 사는 사람들이니 체격이 작을 수가 없겠죠. 너무 튼튼해서 죽음조차 피해갈 거예요."

7

세묜이 미하일에게 말했다.

"어쨌든 일을 맡게 되었으니 나쁜 일이 없어야 할 텐데. 가죽이 비싼 데다가 귀족 성미가 괄괄하니까 말이야. 자네가 눈썰미도 좋고 손재주도 나보다 훌륭하니 자네가 가죽을 자르게. 겉가죽은 내가 꿰매겠네."

미하일은 세묜의 말대로 귀족의 가죽을 받아 들고 탁자 위에 펼쳤다. 그러고는 가죽을 반으로 접어 칼을 들고 자르기 시작했다.

마트료나는 미하일의 곁으로 다가와서 그가 가죽을 자르

는 것을 바라보곤 깜짝 놀랐다. 마트료나는 장화를 만드는 일에 익숙했는데, 보아 하니 미하일은 장화를 만드는 것처럼 가죽을 자르지 않고 둥글게 잘라내고 있었다.

마트료나는 참견을 하고 싶었지만, 속으로 '귀족에게 어떻게 장화를 만들어줄 것인지 내가 잘못 알아들었는지도 몰라. 틀림없어, 그렇고말고. 미하일이 일을 더 잘하니까 참견하지 말아야겠다'라고 생각했다.

미하일은 가죽을 자른 후 깁기 시작했다. 그런데 장화를 만들 때는 실을 두 가닥으로 겹쳐 기워야 하는데 마치 슬리퍼를 만드는 것처럼 한 가닥으로만 깁고 있었다.

마트료나는 이번에도 놀랐지만 역시 간섭하지 않았다. 미하일은 여전히 바느질을 하고 있었다. 점심때가 되어 세묜이 자리에서 일어나 보니 미하일이 귀족의 가죽으로 슬리퍼를 만들어놓은 것이 아닌가!

세묜은 앞이 캄캄해져서 탄식했다.

'이럴 수가, 미하일은 우리 집에서 꼬박 일 년을 살면서 단 한 번도 실수를 한 적이 없는데, 지금 대체 무슨 일을 저지른 거지? 귀족 나리는 뒤꿈치가 닫힌 장화를 주문했는데, 미하일은 뒤축이 뚫린 슬리퍼를 만들어서 가죽을 망치다니! 이제 나리에게 뭐라고 설명한담? 이런 가죽은 구할 수도 없을 텐데.'

그가 미하일에게 말했다.

"이게 뭔가? 대체 무슨 짓을 한 겐가? 자네, 날 죽일 셈인가? 그 나리는 장화를 주문했는데, 대체 뭘 만든 거야?"

그가 미하일에게 말을 꺼내자마자 문고리가 쿵쿵 하는 소리가 나더니 누군가 문을 두드렸다. 창문으로 내다보니 누군가 타고 온 말을 묶고 있었다. 문을 여니 방금 전 봤던 귀족의 하인이 들어왔다.

"안녕하세요!"

"어서 와요. 무슨 일이죠?"

"마님께서 장화 때문에 절 보내셨어요."

"장화?"

"그게 말이죠, 주인 나리께서는 장화가 필요 없게 되었거든요."

"그게 무슨 말인가?"

"주인 나리께서는 여기서 출발한 후 댁에 도착하시기 전에 마차에서 돌아가셨어요. 마차가 댁에 도착해서 주인 나리 내리시는 걸 도와드리려고 나왔더니, 나리께서는 포대자루처럼 몸이 뻣뻣해진 채 누워서 돌아가셨더라고요. 그런 나리를 마차에서 끙끙대며 간신히 끌어 내렸다니까요. 마님께서 저를 보내시면서 '구두장이에게 전하렴. 바깥양반이 장화를 주문하며 가죽을 두고 가신 것 같은데, 장화는 필요 없고, 그 가죽으로 고인에게 신길 슬리퍼를 빨리 만들어달라고 말이야. 슬리퍼가 만들어질 때까지 기다렸다가 가져오려무나'라고 분부하셨어요. 그래서 온 거예요."

미하일은 재단하고 남은 가죽을 둘둘 말았고, 완성된 슬
리퍼를 집어서 탈탈 털고, 앞치마로 깨끗이 닦은 후 하인에
게 내밀었다. 하인은 슬리퍼를 받아 들고 인사했다.

"이만 가보겠습니다, 안녕히 계세요!"

8

한 해, 두 해가 흘러 미하일이 세몬 집에 온 지도 여섯 해가
되었다. 변한 건 없었다. 미하일은 여전히 외출도 하지 않
고, 쓸데없는 말도 하지 않았으며, 이제까지 단 두 번 미소
지었을 뿐이었다. 한 번은 마트료나가 그에게 저녁을 내주
었을 때였고, 다른 한 번은 귀족이 왔을 때였다. 세몬은 미
하일이 너무나도 대견했다. 이제는 그가 어디에서 왔는지
도 더 이상 묻지 않았다. 세몬이 두려워하는 것은 단 하나,
미하일이 떠나버리는 것이었다.

하루는 모두 집에 있었다. 마트료나는 무쇠 솥을 페치카
에 올려놓고 있었고, 아이들은 나무 의자 위를 뛰어다니기
도 하고 창밖을 내다보기도 하였다. 세몬은 한쪽 창가에 앉
아 구두를 깁고 있었고, 미하일은 다른 쪽 창가에서 굽을 붙
이고 있었다.

세묜의 아들이 나무 의자를 따라서 미하일 쪽으로 오더니, 그에게 어깨를 기댄 채 창밖을 바라보았다.

"미하일 아저씨, 저것 좀 보세요. 가겟집에서 일하는 아주머니가 딸들을 데리고 오는 것 같아요. 그런데 딸들 중 한 명은 다리를 절어요."

아이가 이렇게만 말했을 뿐이었는데, 미하일은 하던 일을 멈추고 창밖으로 몸을 돌려 밖을 내다보았다.

세묜은 깜짝 놀랐다. 미하일은 절대로 창밖을 내다보는 법이 없었는데, 이제는 창문에 몸을 갖다 대고는 누군가를 바라보고 있었다. 세묜도 창밖을 내다보니 정말로 깨끗하게 옷을 입은 한 여인이 모피 코트에 숄을 두른 두 여자아이의 손을 잡은 채 그의 집 마당으로 들어오고 있었다. 한 소녀가 성치 못한 왼쪽 다리를 살짝 저는 것 빼고는 둘은 구별이 안 됐다.

여인은 계단을 올라와 현관 앞에 서서는 문고리를 향해 손을 뻗어 문을 열었다. 여인은 두 소녀를 먼저 들여보낸 후 집 안으로 들어갔다.

"안녕하세요!"

"들어오세요. 무슨 일로 오셨나요?"

여인은 식탁 앞에 앉았다. 소녀들이 낯을 가리며 그녀의 양 옆에 딱 달라붙었다.

"아이들이 봄에 신을 구두를 맞추려고요."

"이렇게 작은 구두는 만들어본 적은 없지만, 해드리겠습니다. 장식을 붙이거나 천을 대어 접는 것도 할 수 있고요. 여기 미하일이 솜씨가 참 뛰어나요."

세묜이 미하일을 흘끗 바라보았는데, 미하일은 일을 멈추고는 아이들에게서 눈을 떼지 못했다.

세묜은 그런 미하일의 모습에 놀랐다. 세묜이 보기에도 검은 눈에 통통하니 혈색이 좋은 아이들이 정말 귀엽게 보였다. 모피 코트도, 숄도 좋은 것이었다. 하지만 왜 미하일이 방금 만난 아이들을 그렇게 찬찬히 살펴보는지 여전히 의문이었다.

세묜은 이상하다고 생각하면서도 여인과 이야기를 나누면서 값을 흥정하기 시작했다. 흥정이 끝난 후 치수를 쟀다. 여인이 다리를 저는 소녀를 무릎 위로 들어서 앉히고는 말했다.

"이 아이의 발로 둘의 것을 재면 돼요. 아픈 발은 한 짝만 짓고, 성한 발은 세 짝을 만들어주세요. 이 아이들은 발 크기가 똑같거든요. 쌍둥이에요."

세묜은 치수를 재고는 다리가 성치 않은 소녀에 대해 말했다.

"어쩌다가 이렇게 된 겁니까? 이렇게나 귀여운 아이인데 말이죠. 태어날 때부터 그랬나요?"

"아뇨, 애들 어머니가 짓눌러서 그렇게 됐어요."

그때 마트료나가 갑자기 나섰다. 이 여인은 무얼 하는 사람인지, 이 아이들은 누구의 아이인지 궁금해졌던 것이다.

"부인은 아이들의 어머니가 아닌가요?"

"저는 친엄마도, 친척도 아니에요. 이 아이들은 제 수양딸이에요."

"친자식이 아닌데도, 이렇게나 아이들을 소중히 여기시다뇨!"

"어떻게 소중하게 여기지 않을 수가 있겠어요. 두 아이 모두 제가 직접 젖을 먹여 키웠는걸요. 저도 아들이 있었는데, 하나님께서 데려가셨지요. 그 아이는 가엾은 생각이 들지 않았는데, 이 아이들은 정말 가엾어요."

"그렇다면 이 아이들의 부모는 누군가요?"

9

여인은 이야기를 시작했다.

"여섯 해쯤 전에, 이 아이들은 태어난 지 일주일도 안 되어 고아가 되었어요. 아버지는 화요일에, 어머니는 금요일에 세상을 떠났거든요. 아버지는 아이들이 태어나기 사흘 전에 세상을 떠났고, 어머니는 아이들이 태어나던 날 세상을 떠났으니 말이에요. 저는 당시 남편과 농장에 살고 있었어요. 애들 부모와는 마당을 맞대고 살고 있었죠. 이 아이들의 아버지는 숲에서 혼자 일하는 농부였어요. 하루는 나무가 쓰러졌는데, 그만 애들 아버지가 거기에 깔려버렸지요. 그는 집으로 옮겨지자마자 하나님의 품 안으로 가버렸고, 바로 그 주에 그의 아내가 쌍둥이를, 바로 이 아이들을 낳았죠. 워낙 가난하고 외톨이인지라 여자에게는 도와줄 어머니도, 자매도 없었어요. 혼자 아이들을 낳고는 혼자 저세상으로 가버렸죠.

　다음 날 아침 제가 여인을 살펴보려고 집에 들어갔더니, 아이들의 어머니는 벌써 차갑게 식어 있더군요. 그런데 숨이 멎으면서 딸 위로 넘어진 거죠. 이 애를 짓눌러서 다리가 비틀렸답니다. 마을 사람들이 모여 시신을 씻기고 옷을 입히고 관을 만들어 장례를 치러주었죠. 전부 착한 사람들이었거든요. 이 아이들은 홀로 남았죠. 아이들을 어디로 보낼수 있었겠어요? 여자들 중에선 아이가 있는 사람은 저뿐이었어요. 태어난 지 8주 된 아들이 있었거든요. 저는 잠시만 아이들을 맡기로 하고는 집으로 데려왔어요. 남자들이 모여서 이 아이들을 어디로 보낼지 생각하고, 또 생각하더니 저에게 말하길, '마리아, 당신이 아이들을 잠시만 맡아서 시간을 벌어주면, 우리가 이 아이들을 어떻게 하면 좋을지 생각해볼게요'라고 하더군요. 저는 다리가 성한 아이만 젖을 먹이고는, 다리를 다친 아이에게는 젖을 물리지 않았어요.

이 아이가 살아남을 거라고는 기대하지 않았거든요. 그러
다가 문득 '왜 이 천사 같은 아이가 죽어야 하는 거지?'라는
생각이 들었죠. 이 아이도 측은해졌어요. 아들에 이 아이들
둘까지 셋에게 젖을 물렸습니다. 저는 젊었고, 힘도 있었고,
먹기도 잘 먹었으니까요. 게다가 하나님 덕분에 젖이 잘 돌
았답니다. 두 아이를 먹이면, 나머지 한 아이는 기다리곤 했
죠. 한 명이 떨어져나가면 나머지 한 아이를 먹였습니다. 하
나님께서는 쌍둥이 모두에게 젖을 물리게 하시더니, 제 아
들은 두 돌 되던 해에 장례식을 치르게 하셨지요. 그러고는
더 이상 자식을 주지 않으셨어요.

그런데 재산은 점점 불어났어요. 지금은 이 마을 상인의 방
앗간에서 일하고 있어요. 벌이가 좋아 살 만하답니다. 헌데
아이는 더 이상 생기지 않더군요. 이 아이들이 아니었다면 제
가 어떻게 혼자 살았겠어요! 어떻게 이 아이들을 사랑하지
않을 수 있겠어요! 이 아이들은 내 삶의 낙이랍니다!"

여인은 한 손으로는 다리가 성치 않은 소녀를 끌어당기
고, 다른 손으로는 뺨에 흐르는 눈물을 닦았다.

마트료나가 한숨을 내쉬더니 말했다.

"부모 없이는 살아도 하나님 없이는 살 수 없다는 속담이
그저 생겨난 게 아닌 것 같네요."

이들이 이런저런 말을 주고받는 동안 여인은 일어나서
갈 채비를 했다. 세묜 부부가 그녀를 배웅해준 후 뒤돌아서

미하일을 바라보았다. 그는 무릎 위에 손을 올리고 앉아 천
장을 바라보며 미소를 짓고 있었다.

10

세묜이 그에게 다가가서 물었다.

"미하일, 왜 그러나?"

미하일은 나무 의자에서 일어나서 일감을 내려놓고 앞치
마를 벗은 후 세묜 부부에게 허리를 굽혀 인사를 하고 나서
말했다.

"죄송합니다. 하나님께서 저를 용서해주셨어요. 두 분께
서도 저를 용서해주세요."

세묜 내외는 미하일의 몸에서 광채가 나는 것을 보았다.
세묜도 자리에서 일어나 미하일에게 머리를 숙이며 말했다.

"미하일, 자네는 평범한 사람이 아닌 것 같군. 그래서 자
네를 붙잡지도, 자네에게 물어볼 수도 없네. 하나만 말해주
게. 내가 자네를 발견해서 집으로 데리고 왔을 때, 자네는
침울한 얼굴을 하고 있었네. 그런데 아내가 자네에게 저녁
을 내어주니 자네는 그녀를 향해 미소를 지으면서 얼굴이
환해지더군. 그다음, 귀족이 장화를 주문하자 자네는 또다
시 미소를 지었네. 그리고 저 여인이 두 소녀를 데리고 다녀

간 지금, 자네는 세 번째로 미소를 짓더니 온몸에서 빛이 나네. 미하일, 말해주게나. 왜 자네에게서 그런 빛이 나는지, 왜 미소를 세 번 지었는지 말이야."

그러자 미하일이 말했다.

"제 몸에서 빛이 난 까닭은 하나님께서 제가 지은 죄를 용서해주셨기 때문입니다. 미소를 세 번 지은 이유는 하나님의 말씀 세 가지를 깨달았기 때문이고요. 첫 번째는 마트료나가 저를 불쌍히 여겼을 때였는데, 그 때문에 저는 처음으로 미소를 지었지요. 귀족이 장화를 주문했을 때 두 번째 말씀을 깨닫고는 또다시 미소를 지었지요. 그리고 오늘, 소녀들을 보자 저는 마지막, 세 번째 말씀을 깨달았기 때문에 세 번째로 미소를 지었습니다."

그러자 세몬이 말했다.

"미하일, 왜 하나님이 자네에게 벌을 내렸는지, 그리고 어떤 말씀인지 내가 알 수 있도록 설명해주게나."

미하일이 말했다.

"하나님께서는 제가 당신의 말을 거역한 죄로 저에게 벌을 내리셨습니다. 저는 원래 하늘의 천사였습니다. 제가 천사였을 때 하나님께서는 한 여인의 영혼을 데리고 오라고 저를 보내셨지요. 땅으로 내려오니 쌍둥이 딸을 낳은 한 여인이 병에 걸린 채 누워 있었습니다. 갓난아기들은 엄마 옆에서 꿈틀거리는데, 여인은 젖을 물릴 힘조차 없었죠. 여인이 저를 보더니 하나님이 그녀를 데리고 오라고 저를 보낸 걸 깨닫고는 울면서 말했어요.

'하늘에서 오신 천사시여, 전 이제 막 남편의 장례를 치렀습니다. 그이는 숲에서 나무에 깔려 죽었지요. 저는 자매도, 이모도, 어머니도 없어서 이 아이들을 키워줄 사람이 아무도 없어요. 제발 절 데리고 가지 마세요. 제가 아이들을 먹이고, 길러서 키울 수 있도록 해주세요! 아이들은 아버지도, 어머니도 없이는 살아남을 수 없을 거예요!'

그 여인의 말을 들은 저는 한 아이에게 젖을 물려주고, 다른 아이는 엄마의 손에 들려준 후에 하나님께로 다시 돌아갔습니다.

'여인의 영혼을 데리고 올 수 없었습니다. 남편은 쓰러진 나무에 깔려 죽고, 이제 막 쌍둥이가 태어났다며 제발 자신을 데리고 가지 말라고 애원했습니다. 아이들을 자기 손으로 먹이고 키우게 해달라고, 아이들은 부모 없이 살아남을 수 없을 거라고 애원했습니다. 그래서 그녀의 영혼을 차마 데려올 수 없었습니다.'

그러자 하나님께서 말씀하셨지요.

'그 여인의 영혼을 거두어라. 그리고 사람들 마음속에는 무엇이 있는지, 사람들에게 주어지지 않은 것은 무엇인지, 그리고 사람은 무엇으로 사는지 세 가지를 알아 오거라. 다 알게 되거든 하늘로 돌아오너라.'

저는 다시 땅으로 내려와 여인의 영혼을 거두었지요. 아이들이 여인의 가슴에서 떨어져 나갔습니다. 여인의 몸이 침대로 거꾸러지더니 쌍둥이 중 한 아이를 짓눌렀고, 아이의 다리가 비틀렸어요. 저는 여인의 영혼을 하나님께 데리고 가기 위해 마을 위로 날아올랐는데, 바람이 저를 둘러싸고는 제 날개를 꽉 잡아서 날개가 꺾였습니다. 그렇게 영혼은 홀로 하나님께 가고, 저는 땅으로 떨어졌지요."

11

그제야 세묜과 마트료나는 이제껏 입히고 먹인 사람이 누구인지, 그리고 누가 그들과 함께 살았는지 깨닫고는 두려움과 기쁨에 눈물을 흘리기 시작했다.

천사가 말했다.

"저는 헐벗은 채로 들판에 홀로 있었습니다. 이전에는 사람들이 무엇을 필요로 하는지 몰랐습니다. 추위도, 배고픔도 몰랐는데, 이제 사람이 된 거예요. 잔뜩 굶주리고 몸은 꽁꽁 얼었지만, 무엇을 해야 할지 몰랐습니다. 그때 하나님을 위해 만들어진 예배당이 보이기에 그곳으로 다가갔지만, 안으로 들어갈 순 없었습니다. 그래서 저는 예배당 뒤편에 앉아 바람을 피해보려고 했지요.

저녁이 되자 저는 허기가 지고, 몸이 꽁꽁 얼어서 온몸은 고통에 몸부림쳤습니다. 그러다 갑자기 어떤 사람이 장화를 들고 길을 따라 가면서 혼잣말을 하는 게 들렸어요. 인간이 되고 나서 처음으로 눈에 들어온 것은 죽음이 깃든 얼굴이었고, 저는 그 얼굴이 무서워서 등을 돌렸습니다. 그 사람이 혼잣말을 하는 내용을 들어보니, 겨울에 어떻게 추위를 피할지, 어떻게 아내와 아이들을 먹여 살릴지 고민하는 것이더군요. 그러고는 생각했죠.

'나는 추위와 굶주림 때문에 죽어가는데, 저기 오는 자는 어떻게 하면 두 내외가 걸칠 모피 코트와 가족이 먹을 빵을 마련하나만 궁리하는군. 그는 내게 도움을 줄 수 없겠어.'

그 사람은 저를 보더니 얼굴을 찌푸리고는 더 무서운 얼굴을 하고 저를 지나쳤습니다. 저는 체념했죠. 그런데 갑자기 그 사람이 되돌아오는 소리가 들렸어요. 다시 보니 저는 하마터면 그 사람을 못 알아볼 뻔했어요. 조금 전에는 얼굴에 죽음이 깃들어 있었는데, 이제는 생기가 돌면서 그의 얼굴에서 하나님을 보았지요. 그는 제게 다가오더니 옷을 입혀서 집으로 데려갔습니다.

집에 도착하자 그의 아내가 우리를 맞이하러 나와 잔소리를 하기 시작했지요. 아내는 더 무서운 사람이었고, 그녀의 입에서 죽은 혼이 나와 저는 죽음의 악취 때문에 안도할 수 없었습니다. 그녀는 저를 추운 밖으로 쫓아내고 싶어했는데, 저는 그렇게 하면 그녀가 죽을 것이라는 사실을 알고 있었습니다. 그녀의 남편이 갑자기 하나님에 대해 상기시키자 여인이 절 쫓아내려다 갑자기 멈추더군요. 그녀가 우리에게 저녁을 내주었지요. 그녀가 절 바라볼 때 저도 그녀의 얼굴을 바라보았는데, 그 얼굴에는 이제 죽음이 없었습니다. 그녀는 생기가 돌았고, 저는 그녀에게서 하나님을 보았습니다.

그렇게 저는 '사람의 마음속에 무엇이 있는지 알아 오거라'라는 하나님의 첫 번째 말씀을 깨달았습니다.

저는 사람에게는 사랑이 있다는 사실을 알게 되었습니다. 저는 하나님께서 제게 약속하신 것을 계시해주기 시작하셨다는 데 뛸 듯이 기뻐서 처음으로 미소 지었습니다. 그렇지만 전부를 깨닫지는 못했습니다. 사람들에게 주어지지 않은 것이 무엇인지, 사람은 무엇으로 사는지는 여전히 알 수 없었지요.

저는 두 분 댁에서 얹혀 살기 시작했고, 그렇게 일 년이 흘렀습니다. 어느 날 한 사람이 와서 한 해 동안 신어도 뜯어지지도 않고 모양도 변하지 않는 장화를 주문하더군요. 전 그의 어깨 뒤에서 죽음의 천사가 서 있는 것을 봤습니다. 저는 그를 알아보았고, 해가 지기 전에 그자의 영혼이 붙잡혀 갈 거라는 사실을 알았죠. 그러자 저는 '이 사람은 일 년을 앞서 준비를 하는데, 내일까지도 못 살 것이라는 사실은 모르는구나'라는 생각이 들었습니다. 그렇게 저는 '사람에게 주어지지 않은 것이 무엇인지 알아 오거라'라는 하나님의 또 다른 말씀이 떠올랐죠.

저는 사람의 마음속에 무엇이 있는지는 이미 알고 있었습니다. 이제는 사람에게 주어지지 않은 것이 무엇인지 알게 되었죠. 사람에게 주어지지 않은 건 자신의 육신을 위해 무엇이 필요한지 아는 일이었습니다. 그렇게 저는 두 번째로 미소를 지었어요.

저는 동료 천사를 보게 된 것도, 하나님께서 두 번째 말씀을 가르쳐주신 것도 정말 기뻤습니다.

그래도 저는 전부를 깨닫지는 못했습니다. 사람이 무엇으로 사는지는 알 수 없었으니까요. 그렇게 계속 이곳에 살면서 하나님께서 마지막 깨달음을 주시기를 기다렸습니다. 육 년째 되던 해 쌍둥이 소녀들이 한 여인과 함께 왔는데, 저는 소녀들을 알아보았고, 이 소녀들이 어떻게 목숨을 건졌는지 알게 되었습니다. 그리고 속으로 '어머니가 아이들 때문에 목숨을 구걸했고, 나는 그녀의 말을 믿고는 아버지와 어머니 없이 아이들이 살아남을 수 없을 것이라고 생각했는데, 엄마도 아닌 여자가 이들을 키웠구나'라고 생각했습니다. 이 여자가 다른 사람의 아이들로 인해 평온해지면서 눈물을 흘리기 시작하자, 저는 그녀에게서 살아 있는 하나님을 보았습니다. 그렇게 사람은 무엇으로 사는지 깨달은 것이지요. 그리고 하나님께서 제게 마지막 말씀을 알려 주시며 저를 용서하셨다는 사실을 깨닫고는, 세 번째로 미소를 지었습니다."

12

그리고 천사는 모습을 드러냈고, 온몸에서 광채가 났다. 세묜 부부는 눈이 부셔서 그를 바라볼 수 없었다. 천사는 더 큰 목소리로 말하기 시작했는데, 목소리가 그의 입에서 나오는 것이 아니라 하늘에서 내려오는 소리 같았다. 천사가 말했다.

"나는 모든 사람들이 자신에 대한 걱정이 아닌, 사랑으로 산다는 것을 알게 되었다. 어머니는 자식들이 살아가려면 무엇이 필요한지 알지 못했다. 부자도 자신에게 무엇이 꼭 필요한지 알지 못했다. 부자에게 산 사람이 신을 장화가 필요한지, 죽을 사람에게 신길 슬리퍼가 필요한지 아무도 알지 못한다.

내가 사람이 되고 난 후 살아남을 수 있었던 것은 내가 나 스스로를 돌봤기 때문이 아니라, 내 옆을 지나가던 행인과 그의 아내의 마음속에 사랑이 있었고, 그들이 나를 가엾게 여겨 돌봐주었기 때문이었다. 부모를 잃은 갓난아기들이 살아남을 수 있었던 것은 그들이 보살핌을 받았기 때문이 아니라, 엄마도 아닌 여성의 마음속에 사랑이 있어 그녀가 아이들을 불쌍히 여기고 돌봐주었기 때문이었다. 모든 사람들은 자기 자신을 돌봐서가 아니라, 마음속에 사랑이 있기 때문에 살아간다.

하나님께서 사람들에게 삶을 주시어 그들이 잘 살아가기를 원하신다는 건 예전에도 알고 있었지만, 이제는 더 많은 것을 깨달았다. 하나님께서는 사람들이 뿔뿔이 흩어져 사는 것을 원치 않으신다. 그래서 각자가 스스로를 위해 무엇을 필요로 하는지 알려주지 않으셨다. 하나님은 사람들이 함께 살아가기를 원하셨기 때문에 자신뿐만 아니라 다른 모든 이에게 필요한 게 무엇인지 알려주셨다는 사실을 깨달았다.

사람들은 자기 자신을 염려하고 돌봄으로 살아간다고 생각하지만, 사실은 이들이 사랑 하나로 살아간다는 사실을 이제 알게 되었다. 사랑 속에 사는 자는 하나님의 품 안에 사는 사람이고, 하나님이 그 안에 계신다. 왜냐하면 하나님은 사랑이시기 때문이다.”

천사가 찬송가를 부르기 시작하자 그의 목소리로 인해 온 집이 흔들리기 시작했다. 그리고 둘로 갈라진 천장이 열리면서 땅에서 하늘까지 불기둥이 솟아올랐다. 세묜과 아내 그리고 아이들은 바닥에 엎드렸다. 천사의 등 뒤에서 날

개가 펼쳐지더니 하늘로 올라갔다.

세묜이 정신을 차렸을 때 집은 예전과 같은 모습으로 서 있었는데, 집 안에는 가족 말고는 아무도 없었다.

바보 이반 이야기

1

옛날 어느 나라의 한 마을에 부유한 농부가 살고 있었다. 이 농부에게는 군인인 세묜, 배불뚝이 타라스 그리고 바보 이반까지 아들 셋에 벙어리 노처녀 딸 말라냐가 있었다. 군인인 세묜은 왕을 섬기기 위해 전쟁터로 나갔고, 배불뚝이 타라스는 장사를 배우러 성문 안에 사는 상인에게로 갔는데, 바보 이반과 노처녀 딸은 함께 집에 남아 구슬땀을 흘리며 일을 했다.

군인 세묜은 전쟁터에서 돌아와 높은 벼슬과 영지를 얻었고, 귀족의 딸에게 장가를 갔다. 그는 녹봉도 많고 영지도 어마어마했지만 늘 쪼들렸다. 돈을 많이 벌어다 줘도 귀족의 딸인 아내가 흥청망청 써버려서 항상 돈이 없었기 때문이었다. 하루는 군인 세묜이 소작료를 걷으러 영지로 갔다. 마름이 그에게 말했다.

"가축도, 농기구도, 말도, 소도, 쟁기도, 써레도 없어서 세금을 걸을 곳이 없습니다요. 이런 것들을 다 갖춰야지만 수입이 생길 것입니다요."

그래서 세묜은 아버지를 찾아갔다.

"아버지는 부자이면서 제게 아무것도 주신 게 없어요. 가지고 계신 땅의 3분의 1만 주시면 제 앞으로 이전하겠어요."

아버지가 대답했다.

"네가 집에 가져다준 게 아무것도 없는데, 어째서 3분의 1이나 내어줘야 하지? 그러면 이반과 네 누이가 기분 나빠 할 게다."

그러자 세묜이 말했다.

"이반은 바보고, 말라냐는 노처녀 벙어리인데, 걔들이 필요한 게 뭐가 있겠어요?"

아버지가 이반이 말하는 대로 하겠다고 하자, 이반은 "좋아요, 가져가라고 하세요"라고 말했다.

군인 세묜은 집에서 자기 몫을 챙겼고, 왕을 위해 또다시 전쟁터로 떠났다.

배불뚝이 타라스도 많은 돈을 벌었고, 상인의 딸에게 장가를 들었다. 그래도 그는 여전히 가진 것에 만족하지 못하며 아버지에게 와서 말했다.

"저도 제 몫을 주세요."

아버지는 타라스에게도 재산을 떼어주기 싫었다.

"너는 집에 가져다준 게 아무것도 없지 않느냐. 집에 있는 건 이반이 벌어들인 거다. 이반과 네 누이를 섭섭하게 할 수는 없다."

그러자 타라스가 말했다.

"걘 바보잖아요. 장가를 갈 수도 없고, 어느 여자도 시집오지 않을 겁니다. 바보에게 무엇이 필요하겠어요? 벙어리누이도 필요한 게 없어요. 이반, 곡식을 절반만 주렴. 농기구는 필요 없고, 가축 중에서는 회색 종마 한 필만 가져가마. 밭을 갈 때는 종마가 필요 없잖아."

이반은 웃으면서 말했다.

"좋아요, 전 또 잡으러 가면 돼요."

이리하여 타라스도 제 몫을 받았다. 타라스는 곡식 절반과 회색 종마를 데리고 성문 안으로 떠났고, 이반은 예전처럼 늙은 암말 한 마리로 농사를 지어 부모님을 모셨다.

2

늙은 악마는 삼 형제가 다툼 없이 재산을 나누고 의좋게 헤어지자 짜증이 났다. 그래서 그는 작은 악마 셋을 불렀다. 늙은 악마는 말했다.

"자, 봐라. 저기 군인 세묜, 배불뚝이 타라스, 바보 이반

삼 형제가 살고 있어. 삼 형제에게 싸움을 붙여야 하는데, 도리어 서로 양보하며 평화롭게 살고 있다. 바보 녀석이 내 일을 모조리 망쳐놨어. 너희 셋이 가서 저 삼 형제가 서로 물어뜯고 할퀴게 만들란 말이야. 할 수 있겠지?"

작은 악마들이 말했다.

"할 수 있고말고요."

"어떻게 할 작정이지?"

"먼저 먹을 것이 하나도 없도록 모두 가난하게 만든 다음, 모두 한데 모아놓으면 서로 싸울 겁니다."

"좋아, 보아 하니 방법을 알고 있는 것 같군. 어서 가. 셋을 갈라놓기 전에는 돌아오지 마. 실패하면 너희 셋의 가죽을 벗겨버릴 테다."

작은 악마들은 어느 늪 속으로 들어가서 어떻게 일을 처리할지 의논하기 시작했다. 모두가 더 쉬운 일을 맡고 싶어서 말다툼을 하고, 또 하다가 제비뽑기로 누가 누구를 맡을지 정하기로 했다. 그리고 일이 먼저 끝나는 악마는 다른 악마를 도와주러 가기로 약속했다. 악마들은 제비를 뽑고 나서 언제 다시 늪에서 만날지 정하고, 누가 누구를 도우러 갈지 정하기로 했다.

모이기로 약속한 날짜가 되자 작은 악마들은 다시 늪에서 만났다. 작은 악마들은 저마다 자기 일이 어떻게 되었는지 이야기하기 시작했다. 군인 세묜을 맡은 첫 번째 작은 악마가 말했다.

"나는 일이 잘 풀리고 있어. 내일이면 내가 맡은 세묜은 아버지를 만나러 집으로 갈 거야."

다른 악마들이 물어보기 시작했다.

"어떻게 했는데?"

"나는 먼저 세묜에게 엄청난 용기를 불어넣어서 그가 왕에게 온 세상을 정복하겠다고 약속하도록 만들었지. 그러자 왕은 세묜을 대장 자리에 앉혀서 인도 왕을 치러 그를 보냈지. 군인들이 모인 그날 밤 나는 세묜네 군대가 가진 화약을 물에 적셔 살짝 축축하게 만들고는 인도 왕에게 가서 볏짚으로 병사들을 셀 수 없을 만큼 만들어줬어. 세묜네 병사들은 볏짚으로 만든 군대가 사방에서 다가오는 걸 보고는 잔뜩 겁을 먹었지. 세묜이 공격하라고 명령하는데, 대포도 총도 발사가 되어야 말이지. 세묜네 병사들은 사색이 되어서는 양 떼처럼 도망치고 말았어. 그러자 인도 왕이 그들을 무찔렀지. 세묜은 웃음거리가 되었고, 영지도 빼앗기고, 내일 사형을 당할 거야. 이제 나는 내일 세묜이 집으로 도망칠 수 있게 그를 지하 감옥에서 빼내는 일만 남았어. 나는 내일 일이 끝나는데, 둘 중 누구를 도우러 갈까?"

배불뚝이 타라스를 맡은 작은 악마도 그간 있었던 일을 말하기 시작했다.

"나는 도와주지 않아도 돼. 나도 일이 술술 풀려서 타라스는 일주일도 못 버틸 거야. 나는 먼저 그의 배를 불리고는 시샘을 가득 넣었어. 다른 사람이 잘되는 모습에 너무나도 샘이 나게 만들어서 눈에 보이는 건 모조리 사고 싶게 만들었지. 그는 가진 돈으로 이것저것 닥치는 대로 사들이고 있어. 급기야 돈을 꿔서 물건을 사기 시작했지. 이미 가진 것만으로도 처치 곤란인데 말이야. 일주일 후면 빚을 갚아야 할 기한이 오는데, 그가 가진 모든 물건을 거름으로 만들 거야. 그러면 빚을 청산하지 못하고 아버지에게 가겠지."

두 작은 악마가 이반을 맡은 작은 악마에게 물었다.

"넌 어떻게 되어 가니?"

"있지, 나는 일이 잘 안 풀려. 나는 먼저 이반이 배탈 나게 만들려고 크바스가 담긴 항아리에 침을 뱉고 나서, 그 녀석 밭으로 가서 일을 못하도록 땅을 돌덩이처럼 단단하게 만들어놨어. 그렇게 하면 절대로 밭을 갈지 못할 거라고 생각했는데, 이 바보가 쟁기를 가지고 와서 밭을 갈기 시작하는 거야. 배가 아파서 끙끙대면서도 계속 쟁기질을 하더라고. 쟁기 하나를 부숴버렸는데도 이 바보가 집에 가서 다른 쟁기를 가져오더니 다시 밭을 갈기 시작하는 거야. 나는 땅속으로 들어가서 쟁기머리를 붙잡았는데, 버틸 수가 있어야지. 녀석이 쟁기를 있는 힘껏 누르는데, 날이 너무 날카로워서 손만 온통 베였어. 그렇게 밭도 거의 다 갈고 이제 한 고랑만 남았어. 얘들아, 와서 도와줘. 바보 한 명을 처리하지 못하면, 모든 노력이 물거품이 되잖아. 바보가 계속해서 땅을 갈면, 삼 형제는 부족함을 느끼지 못할 거야. 바보가 두 형들을 먹여 살릴 테니 말이야."

군인 세묜을 맡은 작은 악마가 다음 날 가서 도와주기로 약속했고, 그렇게 작은 악마들은 헤어졌다.

3

이반은 밭을 거의 갈고, 한 고랑만 남겨두었다. 그는 마저 끝내기 위해 말을 타고 밭으로 나왔다. 여전히 배가 아팠지만, 쟁기질은 해야 했다. 이반은 고삐를 잡아당겨 쟁기를 돌려 밭을 갈았다. 쟁기를 고작 한 번 앞뒤로 움직였을 뿐이었는데, 쟁기에 무언가 걸려서 질질 끌리는 것 같았다. 작은 악마가 두 다리를 꼬아서 쟁기머리를 붙들고 있었기 때문이었다. 이반은 '이게 웬일이람! 여긴 나무뿌리가 없었는데. 그래도 혹시 몰라, 나무뿌리일 수도 있지'라고 생각했다. 이반이 손을 밭고랑 사이에 넣었더니 부드러운 무언가가 느껴졌다. 이반은 그것을 움켜잡아 꺼냈다. 뿌리처럼 까만 무언가가 쟁기 위에서 꿈틀거리고 있었다. 살펴보니 살아 있는 작은 악마였다.

"어이쿠, 이런 빌어먹을 놈이 있나!"

이반은 작은 악마를 번쩍 치켜들어서 땅바닥에 내리치려 했는데, 작은 악마가 꽥 하는 소리를 냈다.

"살려만 주세요! 원하는 걸 들어드리죠."

"뭘 해줄 수 있는데?"

"무엇이든 말씀만 하세요."

이반이 머리를 긁적였다.

"나는 지금 배가 아픈데 말이야, 고쳐줄 수 있어?"

"할 수 있어요!"

"그렇다면 낫게 해보렴."

작은 악마가 고랑으로 몸을 숙여 손톱으로 밭을 뒤지더니 세 가닥이 난 작은 뿌리를 뽑아내 이반에게 주었다.

"여기 있습니다. 누구든지 한 뿌리만 먹으면 그 어떤 병도 낫습니다."

이반은 뿌리를 받아들고는 한 가닥을 삼켰다. 그러자 복통이 금방 사라졌다. 작은 악마가 다시 사정하기 시작했다.

"이젠 절 놓아주세요. 땅속으로 들어가서 더 이상 나오지 않겠습니다."

"좋아. 하나님이 함께하시길!"

이반이 하나님에 대해 말하자마자 작은 악마는 물속에 던져진 돌멩이처럼 땅속으로 사라졌고, 그 자리에 구멍만이 하나 남았을 뿐이었다.

이반은 남은 뿌리를 모자 속에 쑤셔 넣고는 남은 고랑을 마저 갈기 시작했다. 밭을 끝까지 다 갈고 난 이반은 쟁기를 뒤집어놓고 집으로 갔다. 이반이 마구를 풀고 집으로 들어가니, 큰형 세몬이 아내와 앉아서 저녁을 먹고 있었다. 그는 영지를 몰수당하고 감옥에서 가까스로 탈출해 아버지에게 얹혀 살 요량으로 집으로 온 것이었다. 세몬이 이반을 보자 말했다.

"같이 살려고 왔으니, 새 일을 찾을 때까지 나와 아내를 부양해다오."

"좋아요, 함께 살아요."

이반은 그저 나무 의자에 앉으려고 했을 뿐이었는데, 귀족인 형수는 이반에게서 풍기는 냄새가 싫었다. 그녀는 남편에게 "냄새 나는 농부와는 같이 식사를 못하겠어요"라고 말했다. 그러자 군인 세몬이 말했다.

"내 아내가 말하길, 네게서 고약한 냄새가 난다는구나. 문간에서 식사하면 안 될까?"

"좋아요, 어차피 암말에게 풀을 먹이러 갈 참이었어요."

이반은 빵과 외투를 집어 들고 말에게 풀을 먹이러 나섰다.

4

그날 밤 군인 세몬을 맡았던 작은 악마는 자신의 일을 끝내고, 약속대로 이반을 맡은 작은 악마를 도와 바보를 골려주기 위해 밭으로 왔다. 밭에 가서 한참 동안 동료를 찾았으나 어디에도 보이지 않았고, 그저 구멍 하나만을 찾아냈을 뿐이었다.

'흠, 이 녀석에게 안 좋은 일이 생긴 것 같은데, 내가 녀석을 대신해야겠군. 바보가 밭을 다 갈았으니 목초지에서 골려줘야지.'

작은 악마는 들판으로 가서 이반네 목초지를 물바다로 만들어서 목초지가 온통 진흙으로 뒤덮였다. 말에게 풀을 먹이고 동이 틀 무렵에 돌아온 이반은 낫을 갈고 풀을 베러 나섰다. 이반이 목초지에 도착해서 풀을 베는데, 어쩐 일인지 한두 번 낫질을 하면 날이 무뎌져서 들지 않아 낫을 갈아야 했다. 이반은 낫을 갈고, 또 갈았다.

"안 되겠어. 집에 가서 숫돌을 가져와야지. 가는 김에 빵 한 덩이도 가지고 와야겠다. 일주일이 걸리는 한이 있어도 풀을 다 벨 때까지 여길 떠나지 않을 거야."

이를 작은 악마가 듣고는 생각에 잠겼다.

'이런 고집불통 바보 같으니라고! 쫓아낼 수가 없네. 다른 수를 써야겠어.'

이반은 돌아와서 낫을 간 후 다시 풀을 베기 시작했다. 작은 악마가 풀숲으로 들어가서 낫 끝을 붙들고 땅속으로 잡아당기기 시작했다. 이반은 힘에 부쳤지만 늪 쪽에 한 뙈기만 남기고 풀을 다 베었다. 작은 악마는 늪으로 들어가서 생각했다.

'손가락이 다 잘리더라도, 풀을 다 베게 두지 않을 테야.'

이반은 늪으로 갔다. 풀이 우거지지 않았는데도 낫질이 잘되지 않았다. 이반은 약이 올라 온 힘을 다해 낫을 휘두르기 시작했고, 작은 악마는 이반의 힘을 이기지 못해 또 실패하고 말았다. 일이 어긋나자 작은 악마는 덤불 사이로 숨었다. 이반은 낫을 이리저리 휘두르며 덤불을 쳐냈고, 그러다가 작은 악마의 꼬리가 절반이나 잘려나갔다. 이반은 풀을 다 벤 후 여동생에게 풀더미를 긁어모아 달라고 부탁하고는 호밀을 베러 나섰다.

그가 갈고리 낫을 가지고 나왔더니, 꼬리 잘린 작은 악마가 어느 틈에 호밀 밭을 휘저어놓아 갈고리 낫으로는 소용이 없었다. 이반은 집으로 돌아와서 보통 낫을 들고 가서는 호밀을 베기 시작해서 역시 빠짐없이 수확했다.

"이제는 귀리를 베어야지."

꼬리 잘린 작은 악마가 이를 듣고는 생각했다.

'호밀 밭에서는 괴롭히지 못했으니, 귀리 밭에서는 꼭 성공해야지. 내일이 오기만 해봐라.'

다음 날 아침, 작은 악마가 귀리 밭으로 갔더니 귀리는 이미 깨끗이 베어져 있었다. 이삭이 더 떨어지기 전에 이반이 밤새 귀리를 거둬들인 것이었다. 작은 악마는 화가 머리끝까지 났다.

"이 바보가 날 다치게 하더니, 이제는 내 진을 빼놓네. 전쟁터에서도 이렇게 힘들어본 적이 없는데! 저주 받을 놈, 잠도 안 자니 도무지 속도를 따라갈 수가 있어야지! 이번에는 호밀가리 속으로 들어가서 전부 썩게 만들어야겠다."

작은 악마는 호밀가리 사이로 들어가서 썩히기 시작했다. 그런데 호밀단이 데워지자 작은 악마도 몸이 따뜻해져서는 그만 잠이 들고 말았다.

한편 이반은 암말에 마구를 씌우고는 여동생과 호밀단을 나르러 왔다. 둘은 호밀가리를 싣기 시작했다. 두어 단쯤 싣고 갈퀴로 쿡 찔렀는데 바로 작은 악마의 등에 꽂혔다. 이반이 들어 올려서 보니 꼬리 잘린 살아 있는 작은 악마가 갈퀴 날에 매달려 빠져나가려고 발버둥 치고 있었다.

"어이쿠, 이런 빌어먹을 놈이! 또 나타난 게냐?"

"제가 아닙니다. 당신이 본 건 제 동료예요. 저는 당신의 형인 세묜에게 가 있었습니다."

"흠, 네가 어디 있었든지간에 네 놈도 가만두지 않겠다!"

이반이 작은 악마를 땅바닥에 내리치려 하자 작은 악마는 이반에게 애원하기 시작했다.

"절 놔주세요! 더 이상 여기 오지 않겠습니다! 놓아만 주시면 소원을 들어드리죠."

"뭘 해줄 수 있는데?"

"원하는 것으로 병사를 얼마든지 만들어드릴 수 있어요."

"어디에 쓸 수 있는데?"

"원하시는 대로 쓸 수 있습니다. 병사들은 시키는 대로 모든 걸 할 수 있거든요."

"노래도 부를 수 있단 말이지?"

"그렇고말고요."

"좋아, 어디 한번 해봐."

작은 악마가 말했다.

"호밀단을 반듯하게 들어 그 끝을 땅에 대고 '내 종이 명령하노라. 다발로 있지 말고 지푸라기 수만큼 군사가 되어라!'라고 말만 하면 됩니다."

이반은 호밀단을 들고 땅 위에서 흔들며 작은 악마가 일러준 대로 말했다. 그러자 호밀단이 갈라지면서 병사들이 생겨났고, 앞에서 북을 치고 나팔을 신나게 불어대는 것이었다. 이반은 웃음을 터뜨렸다.

"어이쿠, 정말 재미있구나! 이걸 보면 여자들이 좋아하겠는걸."

"그럼 이제 저를 놓아주세요."

작은 악마가 말했다.

"안 돼, 이렇게 병사로 만들어버리면 기껏 베어놓은 곡식을 다 버리게 되잖아. 병사들을 다시 호밀단으로 바꾸는 방법을 알려줘. 낟알을 타작해야 하니까."

작은 악마가 말했다.

"그냥 '병사들의 수만큼 지푸라기가 되어 다시 호밀단이 되어라. 내 종이 명령하노라!'라고 말하기만 하면 됩니다."

이반이 그렇게 말하자, 병사들은 다시 호밀단으로 변했다. 그러자 작은 악마는 또다시 애원하기 시작했다.

"이제 저를 놔주세요."

"좋아, 어쩔 수 없지!"

이반은 작은 악마를 밭이랑에 대고 한 손으로 누르면서 갈퀴에서 빼주었다.

"하나님이 함께하시길!"

이반이 하나님에 대해 말하자마자 작은 악마는 돌멩이가 물속으로 가라앉듯 땅속으로 사라졌고, 그 자리에 구멍만이 남았다.

이반이 집에 오니 둘째 형 타라스가 아내와 앉아서 저녁 식사를 하고 있었다. 배불뚝이 타라스는 빚쟁이들을 피해서 아버지 댁으로 도망쳐 온 것이었다. 그는 이반을 보고는 말했다.

"이반, 장사를 다시 시작할 때까지 나와 아내를 좀 먹여 살려다오."

"좋아요, 여기 계세요."

이반은 윗옷을 벗고 식탁 앞에 앉았다. 그러나 상인의 딸이 말했다.

"나는 바보랑은 밥을 못 먹겠어요. 이 바보한테서 땀 냄새가 난다고요."

그러자 배불뚝이 타라스가 말했다.

"이반, 네게서 불쾌한 냄새가 나는구나. 문간으로 가서 저녁을 먹도록 해라."

"좋아요, 그러죠!"

그러고는 이반은 빵을 집어 들고 밖으로 나갔다.

"마침 야간 방목을 하러 나가야 하거든요. 말한테 먹이도 줘야 하고요."

5

그날 밤 타라스를 맡은 작은 악마도 일을 마치고는 약속대로 동료들을 도와 이반을 골려주기 위해 밭으로 왔다. 밭에서 동료들을 찾았지만 아무도 없었고, 구멍 하나만 발견했을 뿐이었다. 그래서 들판으로 갔더니 늪에서 동료의 잘린 꼬리를 발견했다. 그리고 호밀 밭에서 또 다른 구멍을 발견하고는 이렇게 생각했다.

'흠, 보아 하니 동료들이 화를 입은 모양이군. 이들 대신 바보를 맡아 혼꾸멍을 내줘야겠다.'

작은 악마는 이반을 찾으러 나섰다. 그런데 이반은 이미 밭일을 끝내고 숲에서 나무를 베고 있었다. 두 형은 함께 사는 것이 비좁아지자 이반에게 새 집을 지을 나무를 베어 오라고 시킨 것이다.

작은 악마는 숲으로 들어가서는 옹이 사이에 기어들어가 이반이 나무 베는 것을 방해하기 시작했다. 이반은 거치적거리지 않도록 나뭇가지를 다 쳐낸 후 나무가 빈 땅으로 쓰러지도록 나무를 베고 있었는데, 나무가 이상한 방향으로 쓰러지더니 다른 나뭇가지에 걸려버렸다. 이반은 지렛대를 만들어서 나무를 요리조리 옮긴 뒤에야 땅으로 쓰러뜨릴 수 있었다. 그러고 나서 다른 나무를 베기 시작했는데 상황은 마찬가지였다. 역시나 한참을 낑낑거린 끝에 간신히 땅으로 쓰러뜨릴 수 있었다. 세 번째 나무를 베는 데도 같은 일이 벌어졌다. 이반은 숲에 올 때만 해도 나무를 쉰 그루 정도 베려고 마음먹었는데, 열 그루도 채 베기 전에 날이 어두워졌다.

이반은 기진맥진했다. 그의 몸에서 모락모락 김이 피어나 안개처럼 숲에 끼었는데도, 그는 여전히 쉬지 않고 일했다. 그는 나무 한 그루를 더 베었는데, 등이 너무 아파서 맥이 탁 하고 풀려버렸다. 이반은 도끼를 꽂아놓고 잠시 쉬기 위해 앉았다. 작은 악마는 이반이 조용해지자 기뻐했다.

'흠, 힘이 다 빠져서 일을 그만뒀군. 나도 쉬어볼까.'

작은 악마는 그루터기 위에 앉아서 기뻐하고 있었다. 그런데 이반이 갑자기 일어나서 도끼를 빼들더니 반대편에서 나무를 내리쳤다. 나무가 곧 우지끈 소리를 내며 쿵 하고 쓰러졌다. 순식간에 벌어진 일이라 미처 피하지 못한 작은 악마는 그만 나무에 발이 깔리고 말았다. 이반은 나뭇가지를 정리하다가 살아 있는 작은 악마를 보고는 깜짝 놀랐다.

"어이쿠, 이런 빌어먹을 자식! 또 너냐?"

"아닙니다. 저는 다른 악마예요. 저는 당신의 형 타라스한테 붙어 있었어요."

"네가 누구든지간에, 너도 똑같은 맛을 보게 될 거야!"

이반은 도끼를 번쩍 치켜들어 도끼 등으로 작은 악마를 내리치려 했다. 작은 악마가 싹싹 빌었다.

"제발 절 때리지 마세요! 소원을 들어드릴게요!"

"뭘 해줄 수 있는데?"

"원하시는 만큼 돈을 만들어드릴 수 있어요."

"좋아, 어디 만들어봐!"

작은 악마가 가르쳐주었다.

"이 떡갈나무 잎을 들고 두 손으로 비비세요. 그러면 땅바닥으로 금화가 떨어질 거예요."

이반이 나뭇잎을 몇 개 집어서 비벼보았다. 그러자 금화가 와르르 쏟아졌다.

"이건 잔치 때 아이들이 가지고 놀기 좋겠군."

작은 악마가 말했다.

"이제 절 놓아주세요."

"좋아, 그렇게 하지!"

이반은 지렛대 집어 들고 작은 악마를 풀어주었다.

"하나님이 함께하시길!"

하나님에 대해 말하자마자 작은 악마는 돌멩이가 물속으로 가라앉듯 땅속으로 사라졌고, 그 자리엔 구멍만 남았다.

6

삼 형제는 집을 지어 따로 살기 시작했다. 이반은 수확을 끝내고 나서 맥주를 잔뜩 빚어 형들을 초대했다. 그러나 형들은 이반의 초대에 응하지 않았다.

"우린 농부들이 득시글한 잔치에 가본 적이 없어."

하는 수 없이 이반은 다른 농부들과 아낙네들을 초대해 맥주를 대접하고 자기도 마셨다. 술기운이 돌자 춤을 추러 밖으로 나갔다. 그러고는 춤을 추는 아낙네들에게 다가가 자신을 위해 노래를 불러달라고 말했다.

"그러면 여러분이 살면서 단 한 번도 보지 못한 걸 보여드릴게요."

아낙네들이 웃더니 이반을 위해 노래하기 시작했다. 노래를 끝내고 나서는 그들이 말했다.

"자, 이제 주겠다고 한 걸 주세요."

"지금 가지고 올게요."

이반은 씨앗을 담는 바구니를 집어 들고는 숲으로 뛰어 갔다. 아낙네들은 "저 바보 같으니라고!"라고 비웃고는 이 반에 대해 까마득하게 잊어버렸다. 그런데 조금 있다가 이 반이 바구니에 무언가를 잔뜩 가지고 오고 있었다.

"선물로 드릴까요?"

"네, 주세요."

이반은 금화를 한 움큼 집어서 아낙네들에게 던졌다.

"어머나!"

갑자기 소동이 일어났다. 아낙네들은 금화를 주우려고 몸싸움을 했고, 농부들도 뛰쳐나와서 서로를 잡아당기며 금화를 낚아챘다. 어떤 노파는 하마터면 사람들에게 깔려 죽을 뻔하기도 했다. 이반이 이 광경을 지켜보다 큰소리로 웃으면서 말했다.

"아이고, 바보들. 할머니를 밟으면 어떡해요? 진정들 하 세요, 더 드릴게요."

이반은 금화를 더 뿌리기 시작했다. 사람들이 계속 모여 들자 이반은 바구니 안의 금화를 모두 뿌렸다. 사람들이 금 을 더 달라고 아우성치자, 이반이 말했다.

"지금은 이게 다예요. 다음번에 더 드릴게요. 이제 다 같 이 춤추게 노래를 불러주세요."

아낙네들이 노래를 부르기 시작했다.

"노래가 별로예요."

이반의 말에 아낙네들이 물었다.

"그러면 어떤 노래가 좋은데요?"

"내가 지금 보여드릴게요."

이반은 헛간으로 가서 호밀단을 끄집어내서 반듯하게 세운 다음 툭툭 치며 말했다.

"내 종의 명령이다. 다발이 아니라 지푸라기 수만큼 병사로 변해라."

그러자 호밀단이 흩어지면서 병사가 되더니 북을 치고 나팔을 불기 시작했다. 이반은 병사들에게 노래를 부르라고 명령하고는 그들과 함께 거리로 나섰다. 사람들은 눈이 휘둥그레졌다. 병사들이 노래를 다 부르자, 이반은 아무도 따라오지 못하게 하고는 이들을 데리고 다시 헛간으로 들어갔다. 그러고는 병사들을 다시 호밀단으로 만든 후 건초 더미 위에 올려놓았다. 그리고 집으로 돌아와 잠을 자려고 마구간에 몸을 뉘였다.

7

다음 날 아침 큰형 세묜이 전날 있었던 일을 듣고는 이반에게 와서 말했다.

"어디서 병사들을 데리고 왔고, 어디로 데리고 갔는지 내게 말해다오."

"형이 알아서 뭐하게요?"

"뭐하다니? 병사들이 있으면 뭐든 할 수 있어. 나라도 손에 넣을 수 있지."

이반은 깜짝 놀랐다.

"네? 왜 진작 말하지 않았어요? 원한다면 얼마든지 병사들을 만들어줄게요. 마침 누이와 함께 이미 탈곡을 많이 했거든요."

이반은 형을 헛간으로 데리고 가서 말했다.

"자, 제가 병사들을 만들어드리면 그들을 데리고 가셔야해요. 여기서 그들을 먹이려면 온 마을이 하루 만에 텅텅 털리게 될 테니까요."

세몬이 병사들을 데리고 떠나겠다고 약속하자 이반은 병사들을 만들어내기 시작했다. 호밀단으로 바닥을 두드리니 군부대 하나가 생겨났다. 또 한 단을 두드리니 또 다른 부대가 생겼다. 한참을 그렇게 하자 온 들판이 병사로 가득 찼다.

"이제 됐어요?"

세몬은 크게 기뻐하며 말했다.

"되고말고! 고맙다, 이반."

"고맙긴요. 더 필요하면 찾아오세요. 더 만들어드릴 테니. 호밀단이 아직 많이 있거든요."

세몬은 군대를 지휘해 행렬을 갖추고 전쟁터로 나섰다.

세몬이 떠나자마자 배불뚝이 타라스가 찾아왔다. 타라스도 어제 일을 알고는 이반에게 부탁하기 시작했다.

"어디서 금화를 가져오는지 말해줄 수 있니? 그런 공짜 돈이 많았더라면, 그 돈으로 온 세상의 돈을 쓸어 모을 수 있었을 텐데."

이반은 깜짝 놀랐다.

"그래요? 진작 말하지 그랬어요. 원하는 만큼 만들어드릴게요."

타라스가 뛸 듯이 기뻐했다.

"그럼 세 바구니만 다오."

"좋아요, 숲으로 가요. 말에 수레를 걸어서 가는 게 좋겠어요. 들고 오는 건 힘들 거예요."

그들은 숲으로 갔다. 이반은 떡갈나무 이파리를 문지르기 시작했다. 그러자 엄청난 양의 금화가 우수수 떨어졌다.

"됐어요?"

타라스는 기뻐서 어쩔 줄을 몰랐다.

"당장은 됐어. 고맙다, 이반."

"고맙긴요. 더 필요하면 찾아오세요. 아직 나뭇잎이 많이 남았으니, 제가 더 만들어드리죠."

배불뚝이 타라스는 금화로 가득 찬 수레를 끌고 장사를 하러 떠났다.

이리하여 두 형 모두 떠났다. 전쟁터로 터난 세몬은 나라를 정복했고, 타라스는 장사를 해서 막대한 돈을 벌었다.

어느 날 두 형제가 만나 서로의 이야기를 털어놓았다. 세몬은 어디서 병사들을 얻었고, 타라스는 어디서 돈을 손에 넣었는지 말했다. 세몬이 타라스에게 말했다.

"나는 나라를 얻었고, 살기에 불편한 게 없는데, 병사들을 먹일 돈만 모자랄 뿐이야."

그러자 배불뚝이 타라스가 말했다.

"나는 돈을 산더미처럼 모았는데, 지켜줄 사람이 없다는 사실 하나만 걱정이에요."

그때 군인 세몬이 말했다.

"이반에게 가자꾸나. 내가 병사들을 더 만들어달라고 해서 네 돈을 지키게 할게. 너는 이반에게 돈을 더 만들어달라고 해서 내가 병사들을 먹일 수 있도록 해다오."

그렇게 해서 그들은 이반에게 향했다. 이반을 만난 세몬이 말했다.

"동생아, 병사들이 부족해. 두 단 정도라도 좋으니 군사들을 더 만들어줘."

하지만 이반이 고개를 가로저었다.

"괜한 발걸음을 하셨네요. 더 이상 병사들을 만들어드릴 수 없어요."

"네가 약속한 건 어쩌고?"

"약속하기는 했지요. 그래도 더는 안 돼요."

"이 바보 같은 자식, 대체 왜 그러는 거야?"

"형의 군대가 사람을 죽였기 때문이에요. 얼마 전에 내가 길 옆에서 밭을 갈고 있는데, 한 여인이 울면서 수레에 관을 싣고 가는 거예요. 그래서 물어봤죠. '누가 죽었나요?' 그러자 여인이 '세묜의 군대가 전쟁터에서 남편을 죽였어요'라고 하더라고요. 나는 병사들이 노래를 부를 거라고 생각했는데, 알고 보니 사람을 죽였다잖아요. 더는 병사를 만들어줄 수 없어요."

그렇게 이반은 완강히 거부했고, 병사들을 더 이상 만들어주지 않았다.

이번에는 배불뚝이 타라스가 이반에게 금화를 더 만들어달라고 부탁했다. 이반은 고개를 내저었다.

"괜한 발걸음을 하셨네요. 더 이상 이파리를 문지르지 않을 거예요."

"네가 한 약속은 어쩌고?"

"약속하기는 했지요. 그래도 더는 안 돼요."

"이 바보 같은 자식, 대체 왜 그러는 거야?"

"형이 금화로 미하일네 젖소를 빼앗았기 때문이에요."

"어떻게 빼앗았다는 거야?"

"어떻게 된 일이냐면요, 미하일네는 젖소가 한 마리 있어서 아이들이 그 젖소에서 짠 우유를 마셨는데, 얼마 전 그

집 아이들이 내게 와서 우유를 구걸하는 거예요. 저는 아이들에게 '너희 젖소는 어디 있니?'라고 물었어요. 그러자 아이들이 '배불뚝이 타라스네 마름이 와서 엄마한테 금화 세 닢을 주자, 엄마가 그에게 젖소를 줘버렸어요. 그래서 우린 이제 마실 게 아무것도 없어요'라고 하더라고요. 나는 형이 금화를 가지고 놀고 싶어한다고 생각했는데, 형은 아이들에게서 젖소를 빼앗았어요. 더 이상은 안 줄 거예요!"

바보 이반이 고집을 피우며 더 이상 금화를 주지 않자 형들은 빈손으로 떠났다. 두 형은 어떻게 어려움을 해결할지 의논하기 시작했다.

세묜이 말했다.

"이렇게 하자. 나에게 병사들을 먹여 살릴 돈을 조금 주면, 나는 너에게 돈을 지킬 병사와 나라의 절반을 줄게."

타라스는 동의했다. 두 형제는 서로 군사와 돈을 주고받았고, 둘 다 부유한 왕이 되었다.

8

한편 이반은 계속 집에서 살면서 아버지와 어머니를 봉양했고, 벙어리 여동생과 밭에서 일을 했다.

그러던 어느 날 마당을 지키는 늙은 개가 진드기 때문에 피부병에 걸려 죽어가고 있었다. 이반은 개를 가엾게 여겨 벙어리 여동생에게서 빵을 조금 얻어다가 모자 속에 넣어서 가지고 나가 개에게 던져주었다. 그런데 모자에 구멍이 뚫려 있어서 빵과 함께 나무뿌리 한 가닥이 떨어졌다. 늙은 개는 뿌리와 빵을 같이 집어삼켰다. 그런데 개가 뿌리를 삼키자마자 펄쩍펄쩍 뛰며 장난을 치고 짖으며 꼬리를 흔들기 시작했다. 병이 씻은 듯이 나은 것이다.

이반의 아버지와 어머니가 이를 보고는 깜짝 놀랐다.

"얘야, 개를 어떻게 치료했니?"

그러자 이반이 말했다.

"어떤 병이든 치료해주는 나무뿌리가 두 개 있었는데, 개가 그중 하나를 집어삼켰어요."

그즈음 왕의 딸이 병에 걸렸다. 왕은 방방곡곡에 방을 내걸어 딸을 고쳐주는 자에게 상을 내릴 것이고, 그자가 총각이라면 딸과 결혼시켜주겠다고 했다. 이반네 마을에도 방이 붙었다.

아버지와 어머니는 이반을 불러서 말했다.

"얘야, 왕께서 붙인 방에 대해서 들은 적이 있니? 나무뿌리가 하나 남았다고 했으니, 가서 공주의 병을 고쳐주려무나. 그러면 평생 행복하게 살 수 있을 거야!"

"좋아요!"

이반은 떠날 채비를 했다. 이반은 외출복을 입고 대문 밖으로 나섰는데, 손이 굽은 거지 여인이 서 있었다.

"듣자 하니 당신이 어떤 병이든 고쳐준다고 하더군요. 제 손도 고쳐주시구려. 신발도 혼자 신을 수가 없다오."

이반이 말했다.

"좋아요!"

이반은 나무뿌리를 꺼내 거지 여인에게 주며 삼키라고 했다. 거지 여인은 뿌리를 삼키자 건강해져서 이제는 손을 흔들 수 있게 되었다. 아버지와 어머니가 왕에게 가는 이반을 배웅해주려고 나왔다가, 이반이 마지막 남은 나무뿌리를 거지 여인에게 줘버려서 공주를 치료할 것이 없다는 것을 알게 되고는 이반을 나무라기 시작했다.

"거지 여인은 불쌍하고, 공주는 가엾지 않더냐!"

그러자 이반은 곧 공주도 가여워졌다. 그는 말에 수레를 씌워 짚단을 던져 넣고는 떠날 채비를 했다.

"이 바보 녀석, 어디를 가려는 거니?"

"공주님의 병을 고치러 가요."

"치료해줄 것이 아무것도 없잖니?"

이반은 "걱정 마세요"라고 하더니 말을 몰아서 떠났다.

이반이 왕의 궁궐에 도달해 궐문에 들어서자마자 공주의 병이 깨끗이 나았다.

왕은 매우 기뻐하며 이반을 들라 했고, 이반에게 격식을 갖추어 옷을 입혀주었다.

"이제 그대는 나의 사위로다."

"좋아요!"

이반이 공주와 결혼한 지 얼마 지나지 않아 왕이 죽고, 이반이 왕이 되었다. 그렇게 해서 삼 형제 모두 왕이 되었다.

9

삼 형제는 각각 나라를 다스렸다.

큰형인 군인 세몬은 잘살고 있었다. 그는 지푸라기 병사들을 데리고 진짜 병사들을 많이 모집했다. 그는 온 나라에 명령하여 열 집마다 한 명씩 병사를 내놓도록 했는데, 키가 크고 피부가 희며 얼굴이 깨끗해야 했다. 그는 그런 병사들을 모아 훈련시켰다. 누구든 그를 거역하면 병사들을 보내 자기 마음대로 아무 짓이나 했다. 그리하여 사람들은 세몬을 두려워하기 시작했다.

세몬은 정말 호화롭게 살았다. 무엇이든 생각나는 것, 그리고 눈에 띄는 것은 그의 것이 되었다. 병사들을 보내면 이들이 세몬에게 필요한 것을 모조리 빼앗아 그에게 가져다주었다.

배불뚝이 타라스도 역시 잘 지냈다. 그는 이반에게서 얻은 돈을 낭비하지 않고 그것을 밑천으로 큰돈을 벌었다. 그는 자신의 나라에 그럴싸한 제도를 만들었다. 자신의 돈은 궤짝에 보관한 채 백성들로부터 세금을 뜯어냈다. 인두세, 보드카세, 맥주세, 혼인세, 장례세, 통행세, 짚신세, 감발세, 주름장식세까지 받아냈다. 그는 원하는 건 무엇이든 손에 넣었다. 백성들은 세금을 낼 돈이 필요했으므로 그에게 온 갖 물건을 바쳤고, 노역을 해주기도 했다.

바보 이반도 그럭저럭 잘살았다. 장인어른의 장례를 치르자마자 그는 왕의 옷을 모조리 벗어서 아내에게 주면서 궤짝에 넣도록 했다. 그러고는 다시 예전처럼 삼베옷에 짚신을 신고 일을 하기 시작했다.

"답답해서 견딜 수가 없군. 배만 점점 나오고, 입맛도 없는데 잠까지 안 오고 말이야."

그는 아버지와 어머니, 벙어리 누이를 데리고 와서 다시 일하기 시작했다.

신하들이 그에게 말했다.

"당신은 왕이 아니신가요!"

"그게 다 뭐람! 왕도 밥은 먹고 살아야지."

그러자 대신이 와서 말했다.

"녹봉을 줄 논이 바닥났습니다."

"괜찮아, 돈을 안 주면 되지."

"그러면 아무도 일을 안 할 텐데요."

"어쩔 수 없지! 하지 말라고 해. 오히려 그 편이 더 자유롭게 일을 할 수 있을 거야. 거름이나 가져오라고 해, 이미 잔뜩 만들어놨을 거야."

두 사람이 재판을 해달라고 이반을 찾아왔다. 한 사람이 말했다.

"이놈이 제 돈을 훔쳤어요."

그러자 이반이 말했다.

"좋아! 돈이 필요했던 게지."

이렇게 해서 모든 백성은 이반이 바보라는 사실을 알게 되었다. 왕비도 그에게 이렇게 말했다.

"사람들이 당신을 바보라고 해요."

"할 수 없지!"

왕비는 생각하고, 또 생각했지만 사실 그녀도 바보였다.

"남편을 거스를 순 없지! 바늘이 가는 데 실이 따라가거늘."

그녀도 왕비의 옷을 벗어서 궤짝에 집어넣고는 이반의 누이에게 일하는 법을 배워 남편을 도와주기 시작했다.

똑똑한 사람들은 전부 이반의 나라를 떠나고, 바보들만 남았다. 아무도 돈이 없었다. 이반의 나라 사람들은 그저 묵묵히 일하면서 스스로 먹고살고, 주변에 있는 다른 착한 사람들을 먹여 살렸다.

10

늙은 악마는 작은 악마들이 어떻게 삼 형제를 골려주었는지 소식이 오기만을 기다리고, 또 기다렸지만 감감무소식이었다. 그래서 직접 알아보러 나섰는데, 사방팔방을 뒤져도 작은 악마들은 보이지 않고, 구멍 세 개만 겨우 찾을 수 있었다. 늙은 악마는 '흠, 삼 형제를 처리하지 못한 것 같군. 직접 손을 봐야겠어'라고 생각했다.

그는 삼 형제를 찾아 나섰는데, 옛날 살던 곳에는 아무도 없었다. 결국 서로 다른 나라에서 삼 형제를 찾았다. 셋 모두 왕이 되어 잘살고 있었다. 늙은 악마는 화가 났다.

"흠, 내가 직접 일을 처리해야겠어."

그는 먼저 세몬에게 가보기로 했다. 그는 본모습을 감추고 장군으로 변신해서 세몬을 찾아갔다.

"왕께서 용맹한 군인이시라 들었습니다. 저도 전쟁에는 일가견이 있는 바, 전하를 섬기고 싶습니다."

세몬이 그에게 이것저것 질문을 던지기 시작했고, 똑똑한 사람인 것 같아 늙은 악마를 받아주었다.

새로운 장군은 세몬에게 강한 군대를 만들기 위해서는 어떻게 해야 하는지 가르쳐주었다.

"먼저 병사를 더 많이 모아야 하옵니다. 이 나라에는 바보같이 놀고 있는 사람이 많습니다. 인정사정 볼 것 없이 젊은이들을 닥치는 대로 징병하면 군대가 다섯 배는 커질 것입니다. 두 번째로는 신식 총과 대포를 갖추어야 합니다. 제가 마치 콩을 뿌리는 것처럼 총알을 백 발씩 쏠 수 있는 총을 만들겠습니다. 모든 것을 모조리 태워버릴 수 있는 대포도 만들겠습니다. 사람이든, 말이든, 성벽이든 깡그리 불태우는 것으로 말이옵니다."

세묜은 새 장군의 말을 듣고 젊은이들을 모조리 징병하라고 명령한 후, 공장을 지어 신식 총과 대포를 어마어마하게 만들었다. 그러고 나서 이웃 나라의 왕을 치러 나섰다. 상대편은 병사들만 나왔다. 세묜은 병사들에게 이들을 향해 총과 대포를 쏘라고 명령했고, 상대국 병사들은 절반이 불구가 되었고, 이어 온 나라를 불태워버렸다. 이웃 나라의 왕은 겁에 질려서 항복하고는 자신의 나라를 바쳤다.

세묜은 기뻐했다.

"이제는 인도 왕을 치러 가겠다."

그런데 인도 왕은 세묜에 대한 소문을 전해 듣고는 세묜이 생각해낸 모든 것들을 따라 하고, 거기에다가 자기만의 생각으로 새로운 전략을 고안해내기까지 했다. 인도 왕은 젊은이들뿐만 아니라, 모든 과부들까지 징집하기 시작했다. 그리하여 인도 왕의 군대는 세묜의 군대보다 규모가 더 커졌다. 게다가 그는 세묜네 나라에서 총과 대포를 만드는 법을 알아냈고, 거기에 공중을 날아가 머리 위에서 포탄을 떨어뜨리는 방법까지 생각해냈다.

세몬은 인도 왕을 치러 전쟁에 나섰고, 이전과 마찬가지로 일격에 이길 것이라고 자만했지만, 예리한 낫도 언제나잘 드는 건 아니었다. 인도 왕은 세몬의 군대가 공격을 하지 못하도록 사정거리 안에 들어오는 것을 막으면서, 여자들을 공중에 띄워 세몬네 군대에 포탄을 던지도록 했다. 여자들은 벌레에 약을 뿌리듯 세몬의 군대에 포탄을 퍼붓기시작했다. 그러자 세몬의 군대는 모두가 혼비백산해 줄행랑을 쳤고, 세몬만이 홀로 남았다. 인도 왕은 세몬의 나라를손에 넣었고, 세몬은 허둥지둥 도망쳤다.

늙은 악마는 세몬을 처리한 후 이번에는 타라스에게로갔다. 그는 상인으로 둔갑해서 타라스의 나라에 자리를 잡고 돈을 뿌리기 시작했다. 상인이 비싼 값에 물건을 사들이기 시작하자 모두들 돈을 벌려고 그에게 몰려왔다. 사람들은 호주머니가 넉넉해져서 밀린 세금을 다 갚고, 어떤 세금이든 제때 내기 시작했다.

타라스는 기뻐했다.

'참으로 고맙군. 이제 돈이 더욱 불어나서 삶이 더 윤택해지겠지.'

그래서 타라스는 여러 가지 계획을 세우고는 일단 새 궁전을 짓기로 했다. 그는 백성들에게 목재와 돌을 운반해오고, 일을 하면 품삯을 높이 쳐주겠다고 했다. 타라스는 예전처럼 백성들이 돈을 벌러 몰려올 것이라고 생각했다. 그런데 백성들은 목재와 돌을 죄다 상인에게로 가져갔고, 모든 일꾼들도 그에게로 가버렸다. 타라스가 품삯을 더 높이자, 상인은 더 많은 품삯을 주었다. 타라스는 돈이 많았지만 상인은 더 많았기에, 상인은 언제나 타라스가 내건 품삯보다 더 높은 값을 불렀다. 결국 타라스는 새로운 궁전을 지을 수가 없었다.

그러자 타라스는 정원을 만들 계획을 세웠다. 가을이 되자 타라스는 백성들에게 정원을 만들러오라고 알렸지만, 아무도 나오지 않고 모두가 상인에게로 가서 연못을 파고 있었다.

겨울이 닥쳤다. 타라스는 새로운 외투를 만들기 위해 흑담비 모피를 사려고 했다. 사람을 보내 모피를 사려고 하니, 신하가 빈손으로 돌아와 이렇게 말했다.

"흑담비 모피가 없사옵니다. 죄다 상인이 사들였다고 하옵니다. 그가 값을 더 높게 쳐주었고, 흑담비 가죽으로 카펫을 만들었다 하옵니다."

타라스는 이번에는 종마 여러 마리가 필요했다. 신하들을 보내 사려고 하니, 모두 와서는 좋은 종마는 죄다 상인이 가져가서 연못을 채울 물을 나르는 데 쓴다고 전했다.

백성들은 타라스를 위해서는 아무 일도 하지 않았고, 모두 상인을 위해서만 일했다. 그에게는 상인의 돈을 가지고 와서 세금을 내기만 했다.

　타라스는 둘 곳이 없을 정도로 어마어마하게 많은 돈을 모았지만 삶은 점점 팍팍해졌다. 타라스는 더 이상 새로운 계획을 세우는 것을 그만두었다. 그저 어떻게 하면 살아갈 수 있을까만 생각했으나 그조차도 가능하지 않았다. 그에게는 무엇 하나 남아 있지 않았다. 요리사도, 마부도, 하인들도 그를 떠나 상인에게로 가버렸기 때문이다. 음식조차 모자랐다. 시장으로 사람을 보내 무언가를 사려 해도 상인이 모조리 사들여서 아무것도 없었다. 백성들이 세금으로 낸 돈만 쌓일 뿐이었다.

　타라스는 화가 나서 상인을 나라 밖으로 쫓아냈다. 하지만 상인은 국경 지역에 자리를 잡고는 예전과 똑같은 짓을 해댔다. 모두가 돈을 벌려고 상인에게 온갖 것을 가져다주었다. 타라스는 궁지에 몰렸다. 그는 며칠째 쫄쫄 굶었다. 급기야는 상인이 왕비마저 사들이고 싶어한다는 소문까지 돌았다. 타라스는 겁에 질려 안절부절못했다.

　그러던 어느 날 세묜이 타라스를 찾아왔다.

　"나 좀 도와줘. 인도 왕에게 항복했어."

　그런데 타라스도 뱃가죽이 등에 붙어 있었다.

　"나는 이틀 동안 아무것도 먹지 못했어."

11

두 형제를 해치운 늙은 악마는 이반에게로 갔다. 늙은 악마는 장군으로 변신한 후 이반에게 군대를 갖추라고 꼬드기기 시작했다.

"왕께서 군대가 없다는 건 말이 안 되옵니다. 명령만 내리시면 백성들 사이에서 병사들을 모아 군대를 만들어드리겠사옵니다."

이반은 그의 말을 끝까지 들었다.

"좋아! 군대를 만들어서 작은 북에 맞추어 노래를 부르는 법을 가르쳐줘, 난 그걸 좋아하니까."

늙은 악마는 이반의 나라를 돌아다니며 병사들을 모집하기 시작했다. 그는 모두에게 군대에 지원하라고 말했다. 그러면 보드카 한 병과 빨간 모자를 주겠다고 했다.

바보들이 키득거렸다.

"술이라면 우리에게도 얼마든지 있어요. 우리가 직접 빚거든요. 알록달록한 모자든, 술이 달린 모자든 원하는 모자는 아낙네들이 만들어주고요."

결국 아무도 군대에 지원하지 않았다. 늙은 악마가 이반을 찾아왔다.

"이 바보들이 아무도 자진해서 오려 하지 않으니, 징병을 해야 하는 줄로 아뢰옵니다."

"좋아! 징집을 하도록 해."

늙은 악마는 바보들에게 병사로 입대해야만 한다고 선포했다. 입대하지 않는 자는 이반이 사형시킬 것이라고 알렸다. 그러자 바보들이 장군을 찾아와서 말했다.

"우리가 입대하지 않으면 왕이 우리를 사형시킬 거라고 하는데, 우리가 입대해서 무슨 일을 하는지는 알려주지 않는군요. 병사는 목숨을 잃는다고들 하던데."

장군으로 변신한 늙은 악마가 말했다.

"맞아, 그럴 수도 있지."

바보들은 그 말을 듣고는 고집을 피웠다.

"그럼 우리는 군대에 안 가겠소. 어차피 죽음을 피할 수 없다면 집에서 죽는 게 낫겠어."

"이런 바보들 같으니라고! 병사가 된다고 꼭 죽는 건 아니지만, 입대하지 않으면 왕이 사형을 내릴 거라고!"

바보들은 곰곰 생각하다가 왕인 이반에게 물으러 갔다.

"장군님이 우리에게 군대에 입대하라고 명령하는뎁쇼. '병사가 되면 전장에서 죽을 수도 있고 아닐 수도 있는데, 입대를 안 하면 왕이 아마 사형을 내리실 거다'라고 하더라고요. 사실입니까요?"

그러자 이반이 키득거리며 말했다.

"어떻게 나 혼자 너희 모두를 사형시킬 수 있겠느냐? 내가 바보가 아니었다면 너희들에게 자세히 설명해주었을 텐데, 나도 도통 이해가 안 가니, 원.”

“그렇다면 우리는 군대에 안 가겠습니다요.”

“좋아! 그렇게들 해라.”

바보들은 장군에게 가서 입대하지 않겠다고 말했다.

늙은 악마는 일이 제대로 풀리지 않자 타라칸의 왕에게 가서 아첨을 떨었다.

“전쟁을 일으켜 이반의 나라를 치십시오. 그 나라에는 돈은 없지만 빵이나 가축이나 다른 건 많이 있습니다.”

타라칸의 왕은 전쟁에 나섰다. 그는 병사를 많이 모았고, 총과 대포를 갖춰 국경 밖으로 나와 이반의 나라로 쳐들어갔다.

백성들이 이반에게 와서 말했다.

“타라칸 왕이 우리와 전쟁을 하러 오고 있습니다.”

“좋아! 올 테면 오라지.”

타라칸의 왕은 군대를 이끌고 국경을 넘었고, 정찰병을 보내 이반의 군대를 살피도록 했다. 그런데 아무리 눈을 씻고 찾아봐도 이반의 병사들은 없었다. 기다리고, 또 기다려도 아무도 나타나지 않았다. 싸울 상대도, 군대가 조직되었다는 소문조차도 없었다.

타라칸의 왕은 병사들을 보내 마을을 정복하도록 했다. 병사들이 한 마을에 당도했더니, 남자 바보들과 여자 바보들이 뛰쳐나와서 병사들을 보며 신기해했다. 병사들이 바보들에게서 곡식과 가축을 약탈했지만 바보들은 순순히 다 내어주며 그 누구도 저항하지 않았다. 병사들이 다른 마을에 갔지만, 상황은 마찬가지였다. 여기저기 다녀봐도 어디나 상황은 똑같았다. 바보들은 가진 것을 전부 내어주었고, 그 누구도 저항하지 않았으며, 함께 살자고 권하기까지 했다.

"불쌍한 사람들, 당신네 나라에서 살기가 힘들면 우리와 함께 살아요."

병사들이 곳곳을 다녔는데도 군인은 없었다. 모든 백성들이 일을 하며 먹고살면서 다른 이들을 돌봐주고 있었고, 병사들을 보고도 저항하지 않고 오히려 함께 살자고 권했다.

병사들은 지루해져서는 타라칸의 왕에게로 돌아왔다.

"저희들은 싸울 수가 없습니다. 다른 곳으로 보내주시옵소서. 차라리 전쟁이 낫겠습니다. 연약한 이들을 죽이는 것 같아서 여기서는 더 이상 전투를 못하겠습니다."

타라칸의 왕은 화가 나서 온 나라를 돌아다니며 마을을 약탈하고, 집과 곡식은 불태우고, 가축은 모조리 죽여버리라고 명령했다.

"명령을 거역하는 자는 누구든 엄벌을 면치 못할 것이다."

병사들은 겁에 질려 왕의 명령을 받들어 집과 곡식은 불태우고, 가축은 죽이기 시작했다. 그래도 바보들은 여전히 저항하지 않고 울기만 할 뿐이었다. 노인이든 아이든 너나 할 것 없이 울기만 했다.

"왜 우리를 괴롭히나요? 왜 우리가 가진 걸 엉망진창으로 만드나요? 필요한 게 있으면 차라리 가져가세요."

병사들은 더 버틸 수가 없었다. 이들은 더 이상 나아가지 못하고 뿔뿔이 흩어지고 말았다.

12

그렇게 해서 늙은 악마는 이번에도 군대의 힘으로 이반을 내쫓는 데 실패하고 떠났다.

늙은 악마는 이번에는 말쑥한 신사로 변신한 다음 이반의 나라에서 살기 시작했다. 그는 배불뚝이 타라스에게 했던 것처럼 돈으로 이반을 내쫓을 계획이었다.

"제가 가진 훌륭한 지식을 나눠서 여러분에게 좋은 일을 해드리고자 합니다. 먼저 집을 지어서 장사를 시작해보려 하옵니다."

"좋아! 여기 살게나."

말쑥한 신사는 하룻밤을 보내고 이튿날 아침, 금화가 잔뜩 든 큰 자루와 종이를 들고 광장으로 나왔다.

"당신네들 모두가 돼지처럼 살고 있군요. 어떻게 사는지 알려드리겠소. 이 도면대로 집을 지어주시오. 내가 지시하면, 여러분들은 일을 하시오. 그러면 금화를 지불하겠소."

그는 바보들에게 금화를 보여주었다. 바보들은 금화를 보고 깜짝 놀랐다. 이들은 지금까지 돈이라는 것을 가져본 일이 없었고, 서로 물물교환을 하고 노동으로 대가를 치르며 살아왔기 때문이었다.

바보들은 금화를 얻기 위해 신사에게 물건을 가져다주고, 노동을 해주기 시작했다. 늙은 악마는 타라스를 처리할 때처럼 금화를 뿌려대기 시작했다. 그러자 백성들은 금화를 얻기 위해 어떤 물건이나 가져왔고, 어떤 일이든 하려고 들었다. 늙은 악마는 기뻐하며 생각했다.

'일이 잘 풀리는구먼! 이제는 타라스처럼 바보 이반을 혼쭐을 내서 다시는 일어설 수 없도록 해야지.'

그런데 바보들은 금화를 많이 얻게 되자 아낙네들에게 목걸이를 만들라고 주었다. 아가씨들은 금화로 머리 장식을 만들었고, 아이들은 거리에서 금화를 가지고 놀기 시작했다.

모두에게 금화가 많이 생기자 아무도 더 이상 금화를 얻으려고 하지 않았다. 신사의 집은 아직 반도 완성되지 않았고, 곡식과 가축도 일 년 치도 없었다. 그래서 신사는 바보들에게 일을 해주거나 곡식과 가축을 가져오라고 알렸다. 어떤 물건이든 가져오고, 와서 일을 하면 금화를 많이 주겠다고 말했다.

그러나 어느 누구 하나 일할 생각이 없었고, 물건을 가져오는 자도 없었다. 어쩌다 한 번씩 소년이나 소녀가 뛰어 들어와서 금화에 계란을 팔아치우곤 했는데, 이제는 아무도 그러지 않아서 신사는 먹을 게 없었다. 말쑥한 신사는 배가 고파서 점심거리를 사러 마을을 돌아다녔다. 어느 집으로 불쑥 들어가 암탉을 사려고 금화를 주니, 안주인이 받지를 않았다.

"금화는 우리 집에도 얼마든지 있어요."

이번에는 어느 농부의 아내를 찾아가 금화를 내밀며 생선을 한 마리만 팔라고 했더니 여자가 대답했다.

"가여운 사람, 저는 금화가 필요 없어요. 아이가 없어서 가지고 놀 사람이 없거든요. 신기해서 세 닢만 챙겼을 뿐이랍니다."

이번에는 어느 농부의 집에 찾아가 빵을 사려고 했다. 하지만 농부 역시 금화를 받지 않았다.

"필요 없어요. 기다려보슈, 하나님의 이름으로 무얼 달라시면 아내에게 빵을 조금 자르라고 시키죠."

악마는 급기야 침을 뱉고는 농부에게서 도망쳤다. 하나님을 위해 빵을 받는 것이 문제가 아니라, 이 단어를 듣는 것 자체가 가장 무서운 일이었다.

결국 늙은 악마는 빵을 얻지 못했다. 사람들은 모두 금화를 차고 넘치게 가지고 있었다. 그 어디에서도, 그 누구도 금화를 받고는 아무것도 내주지 않고 모두들 이렇게 말했다.

"그런 것보다는 뭐 다른 것을 가져오시오. 일을 하든지. 아니면 하나님을 위해 달라고 해요."

그런데 늙은 악마는 돈 말고는 아무것도 없는 데다, 일은 하기 싫었다. 게다가 하나님을 위해서는 받을 수가 없었다. 늙은 악마는 화가 났다.

"내가 돈을 준다는데 대체 뭐가 더 필요하다는 거지? 금화면 뭐든 사고 누구든 부릴 수 있는데."

그러나 바보들은 그의 말을 듣지 않았다.

"아니요, 우린 필요 없어요. 우리는 품삯도, 세금도 낼 일이 없는데, 금화를 어디에 쓰겠어요?"

늙은 악마는 저녁도 거른 채 잠자리에 들었다.

이 일이 바보 이반의 귀에까지 들어갔다. 백성들이 그에게 와서 묻기 시작했다.

"어떻게 할까요? 말쑥한 신사 양반이 먹고 마시고 깨끗하게 옷 입는 것은 좋아하지만 일은 싫어하고, 하나님의 이름으로는 동냥도 안 하면서 모두에게 금화만 내밉니다. 금화를 많이 갖기 전에는 모두가 그에게 물건을 주었는데, 이제는 더 이상 안 줍니다. 이 신사를 어떻게 할까요? 굶어 죽을까봐 걱정입니다."

이반이 얘기를 다 듣고 나서 대답했다.

"좋아, 어쩔 수 없지! 밥은 먹고 살아야 하니, 양치기처럼 이 집 저 집 돌아다니게 둬."

늙은 악마는 하는 수 없이 여기저기 기웃거리기 시작했다. 그러다가 점심을 얻어먹으러 이반네 궁궐까지 오게 되었다. 이반네는 벙어리 여동생 말라냐가 점심을 준비했다. 게으름뱅이들은 종종 그녀를 속이곤 했다. 일을 안 하는 주제에 점심을 먹으러 일찍 와서 카샤*를 모조리 먹어 치워버리곤 했다. 그러자 말라냐는 손을 보고 게으름뱅이를 판별하는 꾀를 냈다. 손에 굳은살이 있는 사람은 식탁 앞에 앉히고, 굳은살이 없는 사람에게는 먹다 남은 찌꺼기를 주었다. 늙은 악마가 식탁에 와서 앉자, 말라냐가 그의 손을 봤다. 악마의 손은 굳은살 없이 깨끗하고 부드러웠으며 손톱이 길었다. 말라냐는 뭐라고 웅얼거리기 시작하더니 악마를 식탁 밖으로 끌어냈다.

그때 이반의 아내가 말했다.

"기분 상해하지 마세요. 우리 시누이는 손에 굳은살이 없는 사람은 식탁 앞에 앉히질 않아요. 조금만 기다렸다가 사람들이 다 먹거든 남은 걸 드세요."

왕의 궁궐에서는 돼지나 먹는 걸 먹으라고 하자 늙은 악마는 모욕감을 느꼈다. 그는 이반에게 말했다.

"이 나라는 모두가 손으로 일해야 하다니, 바보 같은 법이

---

* 물에 곡물을 넣어 죽처럼 끓인 러시아식 요리. 우유나 견과류, 말린 과일 등을 넣기도 한다. 러시아에서 카샤는 주로 아침 식사로 먹는다.

옵니다. 바보 같은 생각이죠. 사람들이 손으로만 일을 하는 건 아니지 않사옵니까? 똑똑한 사람들은 무얼 가지고 일한다고 생각하십니까?"

그러자 이반이 말했다.

"우리 바보들이 어떻게 그런 걸 알겠어? 우리는 허리를 굽혀 두 손으로 모든 것을 일구지."

"그래서 여러분이 바보라는 겁니다! 제가 어떻게 머리로 일하는지 가르쳐드리죠. 그러면 머리로 일하는 것이 손으로 일하는 것보다 낫다는 것을 알게 될 겁니다."

이반이 놀라서 대답했다.

"아무 이유 없이 우리를 바보라고 부르는 게 아니었군!"

"한 가지, 머리로 일하는 건 쉬운 일이 아니옵니다. 제 손에 굳은살이 없다고 음식을 안 주는데, 머리로 일하는 게 백곱절 더 어렵다는 사실은 모르시는 거예요. 때론 머리가 쪼개질 수도 있사옵니다."

이반은 생각에 잠겼다.

"이 가련한 사람, 왜 그렇게 스스로를 못 괴롭혀서 안달이지? 머리가 깨지는 게 쉬운 일인가? 차라리 손으로 일하는 게 더 낫지 않을까?"

악마가 말했다.

"당신네 바보들을 가엾게 여기기 때문에 제 자신을 괴롭게 하는 것이옵니다. 제 자신을 괴롭히지 않으면, 여러분들은 쭉 바보로 살 테니까요. 제가 머리로 일을 해봤으니, 이제 어떻게 하는지 가르쳐드리겠사옵니다."

이반이 놀라며 대답했다.

"가르쳐주게. 손이 지치면 대신 머리로 일하면 되니까."

악마는 머리로 일하는 방법을 가르쳐주겠다고 약속했다.

이반은 말쑥한 신사가 머리로 일하는 방법을 모두에게 가르쳐줄 것이라고 온 나라에 방을 붙였다. 사람들이 와서 머리로 일하는 법을 배우면, 손으로 일하는 것보다 일을 훨씬 더 잘할 수 있다는 것이었다.

이반의 나라에는 높은 망루가 있었는데, 경사가 급한 계단을 타고 올라가면 꼭대기에는 연단이 있었다. 이반은 모두가 볼 수 있도록 그곳으로 신사를 데리고 갔다.

신사가 망루 위에 서서 말하기 시작하자 바보들이 구경하러 모여들었다. 바보들은 신사가 어떻게 손이 아닌 머리로 일을 하는지 시범을 보여줄 거라고 생각했다. 그런데 말쑥한 신사는 어떻게 하면 일하지 않고도 살 수 있는지만 계속 얘기할 뿐이었다.

바보들은 아무것도 이해하지 못했다. 그저 신사를 보고, 또 보다가 각자 일을 보러 집으로 흩어졌다.

늙은 악마는 하루 종일 망루에 서 있었고, 다음 날에도 계속 서서 말했다. 그렇게 계속 서서 이야기하다 보니 배가 고팠지만 바보들은 늙은 악마에게 빵을 가져다줄 생각을 하지도 못했다. 이들은 그가 머리로 일을 더 잘할 수 있다면, 빵쯤은 머리로 쉽게 얻을 수 있을 거라고 생각했다. 늙은 악마는 그다음 날에도 망루에 서서 계속 말을 했다. 사람들은 잠깐 다가와서 구경만 하다가 집으로 돌아갈 뿐이었다. 이반이 물었다.

"어떤가? 신사가 머리로 일을 하기 시작했는가?"

"아직 아닙니다요. 여전히 떠들고만 있습니다."

늙은 악마는 그다음 날에도 하루 종일 망루에 서 있었지만 점점 기운이 빠졌다. 그는 휘청거리다가 그만 기둥에 머리를 부딪쳤다. 한 바보가 이를 보고는 왕비에게 말했고, 왕비가 남편이 있는 밭으로 달려왔다.

"가서 보세요. 그 신사가 드디어 머리로 일을 시작했다고 해요."

이반은 깜짝 놀랐다.

"그게 정말이오?"

이반은 말을 타고 망루로 갔다. 다가가니 늙은 악마는 허기에 지쳐서 휘청거리면서 머리를 기둥에 찧고 있었다. 이반이 도착한 순간 악마는 발을 헛디뎌서 넘어지고는 계단을 하나하나 세기라도 하듯 머리로 계단을 치면서 쿵쿵 굴러떨어지고 있었다.

"흠, 말쑥한 신사가 다음번에는 머리가 쪼개진다고 했던 말이 사실이었나 보군. 굳은살이 문제가 아니야, 이렇게 일하다간 머리에 혹이 생기겠어.”

늙은 악마는 계단 맨 아래까지 떨어져서 머리를 땅에 처박았다. 이반은 다가가서 그가 일을 많이 했는지 살펴보려고 했는데, 갑자기 땅이 쩍 하고 갈라지더니 늙은 악마가 땅속으로 사라지고 그 자리에는 구멍만이 남았다. 이반은 머리를 긁적였다.

“이런 빌어먹을! 또 그놈이잖아! 그놈들의 애비렷다!”

그렇게 이반은 지금까지도 살아 있고, 모든 사람들이 그의 나라로 몰려왔는데, 형들도 이반이 먹여 살리고 있다. 누구라도 와서 “우리를 거둬주시오”라고 말하는 사람에게는 “좋아, 우린 뭐든 풍족해”라고 말했다.

그런데 이반네 나라에는 한 가지 관습이 있다. 바로 손에 굳은살이 있는 사람은 식탁 앞에 앉을 수 있지만, 굳은살이 없는 사람은 남이 먹고 남긴 음식을 먹어야 한다는 것이다.

두노인

여자가 이르되 주여 내가 보니 선지자로소이다. 우리
조상들은 이 산에서 예배하였는데 당신들의 말은 예배할
곳이 예루살렘에 있다 하더이다. 예수께서 이르시되 여자여
내 말을 믿으라. 이 산에서도 말고 예루살렘에서도 말고
너희가 아버지께 예배할 때가 이르리라. 너희는 알지 못하는
것을 예배하고 우리는 아는 것을 예배하노니 이는 구원이
유대인에게서 남이라. 아버지께 참되게 예배하는 자들은 영과
진리로 예배할 때가 오나니 곧 이때라. 아버지께서는 자기에게
이렇게 예배하는 자들을 찾으시니라.

_요한복음 4장 19-23절

1

두 노인이 옛 예루살렘으로 순례를 떠나기로 했다. 한 사람

은 예핌 타라시치 셰벨료프라는 농부로 부유했으며, 다른 노인은 옐리세이 보드로프라는 이로 그다지 돈이 많지 않았다.

예핌은 점잖은 성격이었다. 그는 보드카도 마시지 않았고, 담배도 피우지 않았으며, 코담배조차 가까이하지 않았다. 평생 한 번도 욕을 해본 적이 없으며, 매사 엄격하고 정확한 사람이었다. 그는 두 번이나 촌장을 지냈는데, 1코페이카도 허투루 쓰지 않았다. 예핌네 가족은 아들 둘에 결혼한 손자까지 대가족 모두가 함께 살았다. 그는 건장하고 꼿꼿한 사람이었다. 어찌나 건강한지 일흔이 되어서야 턱수염이 희끗희끗해지기 시작할 정도였다.

옐리세이는 부자도, 가난뱅이도 아니었다. 예전에는 목수 일을 하러 다니다가 나이가 들어서는 집에서 꿀벌을 치기 시작했다. 그는 아들이 둘 있었는데, 한 아들은 멀리 일을 하러 갔고, 다른 아들은 집에서 일했다. 옐리세이는 심성이 착하고 밝은 사람이었다. 보드카도 마시고, 담배도 피우고, 노래 부르는 것도 좋아했지만 성품 자체는 온화하고, 가족과 이웃들과도 잘 지냈다. 옐리세이는 작달막한 키에 얼굴은 까무잡잡했으며, 곱슬곱슬한 턱수염을 기르고 있었는데, 동명의 성자 옐리세이처럼 머리는 대머리였다.

두 노인은 오래전부터 함께 순례를 떠나기로 약속했는데, 예핌은 일이 끊이질 않아 도통 짬이 안 났다. 일이 하나

끝나면, 뒤이어 다른 일이 생겼다. 손자가 장가를 가고 나니 작은아들이 군대에서 돌아오고, 아들이 돌아오니 이번에는 새 집을 지어야 했다.

어느 축제일에 우연히 만난 두 노인이 통나무 위에 걸터 앉았다.

옐리세이가 말했다.

"언제 순례를 떠날 겐가?"

그러자 예핌이 얼굴을 찡그리며 대답했다.

"기다려보게. 올해는 너무 바쁘군. 새 집을 짓기 시작했는 데 시작할 때는 100루블 정도면 될 줄 알았는데, 벌써 300 루블이 들었어. 그런데 아직도 공사 중이네. 여름까지 해야할 것 같아. 주님께서 허락하신다면, 여름에 곧바로 길을 떠나자고."

"내 생각엔 지체하지 말고 지금 가야 할 것 같은데. 봄이니까 딱 좋을 때 아닌가."

옐리세이가 말했다.

"때는 좋지만 일이 한가득인데, 어찌 일을 하다 말고 가겠나?"

"일을 할 사람이 없는 것도 아닌데, 왜 그러나? 아들이 알아서 할걸세."

"퍽이나! 큰아들은 못 미더워서 말이지. 엉뚱한 짓이나 안 해놓으려나 몰라."

"친구, 우리 없이도 잘들 지낼걸세. 아들도 일을 배워야 하지 않겠나."

"그건 그렇지만, 그래도 내 눈 앞에서 일이 돌아가는 모습을 보고 싶은걸."

"아휴, 이 사람아! 이런저런 일을 죄다 끝장을 보려면 끝도 없네. 얼마 전에 우리 집 여자들이 축제일이라고 빨래를 한다 청소를 한다 아주 난리를 피웠지. 그런데 이것저것 하는데도 일이 끝이 없더군. 우리 큰며느리가 아주 영리한 아이인데, '축제일이 우리를 기다려주지 않고 빨리 다가오니 그래도 다행이지요. 그렇지 않으면 아무리 일을 해도 다 끝내지는 못할 테니까요'라고 하더구먼."

예핌은 생각에 잠겼다.

"집을 짓는 데 돈을 많이 썼는데, 순례에도 빈손으로 갈 수는 없지 않겠는가. 100루블은 있어야 할 텐데."

옐리세이가 웃기 시작했다.

"이보게, 그러다가 벌 받네. 자네, 나보다 재산이 열 배나 많으면서 돈 생각을 하다니. 언제 출발할지나 말해주게. 나도 돈이 없지만, 어떻게든 마련해보겠네."

예핌도 따라 웃었다.

"세상에, 부자 나셨네. 어디서 돈을 구하려고 하나?"

"집에서 있는 대로 싹싹 긁어모으고, 모자라는 건 밖에 세워놓은 벌통 중 몇 통을 이웃에게 팔면 되네. 오래전부터 팔라고 하고 있거든."

"벌 떼가 수확이 좋으면 후회할 텐데."

"후회? 아닐세! 살면서 죄를 지었을 때 말고는 후회해본 적이 없네. 마음보다 중요한 건 없지."

"그렇긴 하지만, 집안일을 잘 정리해두지 않으면 아무래 도 불안해서."

"마음이 엉망진창이 되는 게 훨씬 더 나쁘지. 말이 길었 네, 어서 가세나."

2

옐리세이는 친구를 설득했다. 예핌은 생각하고, 또 생각한 끝에 다음날 아침 옐리세이를 찾아왔다.

"좋아, 가세나. 자네 말이 맞네. 죽고 사는 건 하나님의 뜻 이니, 아직 목숨이 붙어 있고 기운이 있을 때 가야 하네."

일주일 후 두 노인은 길을 나설 채비를 했다.

예핌은 돈이 많았으므로 여행에 100루블을 가지고 오고, 200루블은 아내에게 맡겼다.

옐리세이도 채비를 했다. 밖에 늘어놓은 벌통 중 열 통 을 팔았다. 그 벌통에서 생기는 새끼 벌까지 주기로 하고 총 70루블을 받았다. 나머지 30루블은 집에서 식구들에게 조금씩 받아냈다. 아내는 장례식 때 쓰려고 모아놓은 돈까지 탈탈 털어 주고, 며느리도 비상금을 내주었다.

예핌은 건초를 어디서 얼마나 가져와야 하는지, 거름은 어디로 가져다놓아야 하는지, 어떻게 지붕을 올릴지 등 모든 집안일을 큰아들에게 빠짐없이 지시했다. 머릿속에 떠오르는 일은 모조리 맡겼다.

반면 옐리세이는 이웃에게 판 벌통에서 태어난 새끼 벌을 조금도 빠짐없이 내어줘야 한다고만 아내에게 말했을 뿐, 집안일에 대해서는 이러쿵저러쿵 하지 않았다. 어떻게 일을 해야 하는지는 막상 일이 닥치면 저절로 알게 될 것이라고 생각했기 때문이다. 모두가 각자 맡은 일을 알아서 잘 할 거라고 말이다.

두 노인은 채비를 마쳤다. 리뾰시카*를 많이 굽고, 보따리를 만들고, 각반**을 새로 마름질한 후 새 장화를 신었다. 갈아 신을 수피화***까지 몇 켤레 챙겨서 길을 나섰다. 가족들이 마을 밖까지 배웅을 나와 작별 인사를 했고, 그렇게 두 노인은 순례길에 나섰다.

옐리세이는 즐거운 마음으로 출발해 마을에서 나오자마

---

* 우즈베키스탄, 타지키스탄 등의 전통 빵으로 납작한 모양이다.
** 걸음을 걸을 때 발목 부분을 가뜬하게 하기 위하여 발목에서부터 무릎 아래까지 돌려 감거나 싸는 띠.
*** 樹皮靴, 나무껍질로 만든 러시아식 신발.

자 모든 일을 잊었다. 그저 가는 길에 소중한 친구의 마음을 상하게 하지 말고, 남들에게 언짢은 말을 삼가며, 평화롭고 안전하게 갔다가 집으로 돌아올 궁리만 했을 뿐이었다. 옐리세이는 길을 가면서 속으로 기도문을 되뇌거나, 성자들의 일생을 곱씹었다. 길에서 사람을 마주치거나 여인숙에 도착할 때면 모든 사람들에게 친절하게 대하려고 노력하고, 하나님의 말씀을 전하려고 했다. 옐리세이는 가는 길이 기뻤다. 그렇지만 그가 할 수 없었던 단 한 가지 일은 담배를 끊는 것이었다. 그는 일부러 담뱃갑을 집에 두고 왔는데, 입이 심심해져서 가는 길에 어떤 사람에게 코담배를 조금 얻고는 혹시라도 나쁜 일에 친구를 끌어들이지 않기 위해 조금 떨어져서 코담배 냄새를 맡곤 했다.

예핌도 나쁜 행동은 하지 않고, 쓸데없는 말도 안 하면서 기운차게 잘 갔지만, 마음 한편이 무거웠다. 집안일 걱정이 머릿속에서 떠나지 않았기 때문이었다. 그는 아들에게 맡겨야 하는 일 중 빠트린 건 없는지, 아들이 시킨 대로 잘하고 있는지 궁금했다. 길을 가는 중에 감자를 심거나 거름을 나르는 사람들을 보면 아들이 시킨 대로 잘하고 있을까 생각하기도 했다. 마음 같아서는 집으로 돌아가서 시범을 보여주고 직접 일을 해보이고 싶었다.

3

두 노인은 다섯 주일을 계속 걸었다. 집에서 가져온 수피화도 다 떨어져서 소러시아*에 이르러서는 새 신발을 사야 했다. 집을 떠나니 잠자리에도, 먹는 것에도 항상 돈이 들었는데, 소러시아에 오니 사람들이 앞다투어 두 노인을 자기 집으로 데려가려고 했다. 초대해서 식사도 대접해주면서 돈도 안 받고, 가는 길에는 가방에 리뽀시카를 잔뜩 넣어주었다. 그렇게 두 노인은 700베르스타**를 지났다.

어떤 마을을 지나 도착한 곳은 흉년이 든 지역이었다. 그곳에서는 잠은 공짜로 재워주었지만, 더 이상 음식은 대접받지 못했다. 빵을 아무데서도 주지도 않았거니와, 돈을 줘도 못 구할 때가 있었다. 사람들은 작년 한 해 동안 아무것도 수확하지 못했다고 말했다. 부자는 먹을 것이 없어 가진 물건을 다 팔아야 했고, 그럭저럭 살았던 사람들은 빈털터리가 되었으며, 가난한 사람들은 다른 마을로 떠나거나 구걸을 하거나, 아니면 집에서 근근이 살아간다고 했다. 밀기울***과 명아주를 먹으며 겨울을 났다고들 했다.

하루는 두 노인이 작은 마을에서 묵게 되었다. 이들은 빵

---

* 우크라이나의 옛 이름.
** 옛 러시아의 거리 단위. 1베르스타는 1.0668킬로미터이다.
*** 밀을 빻아 체로 쳐서 남은 찌꺼기.

을 15푼트*를 사고 하룻밤을 잔 다음, 동이 트기 전에 출발했다. 날이 더워지기 전에 조금이라도 더 가기 위해서였다. 10베르스타 정도 오니 개천이 보였다. 자리를 잡고 앉아 찻잔으로 물을 떠서 빵을 축여가며 조금 먹고, 수피화를 꺼내 갈아 신었다. 앉아서 휴식을 취하던 중 옐리세이가 코담배 쌈지를 꺼냈다. 예픰은 그걸 보고는 고개를 절레절레 흔들었다.

"나쁜 버릇을 아직도 못 고쳤나!"

옐리세이가 손을 내저으며 말했다.

"죄악이 나를 집어삼켰네, 도저히 안 되겠어."

이들은 몸을 일으켜서 다시 출발했다. 또다시 10베르스타 정도 걸으니 큰 마을에 당도했다. 그 마을을 다 지났을 때는 이미 햇볕이 너무 뜨거워져 있었다. 옐리세이는 지쳐서 목을 축이고 조금 쉬었다 가고 싶었지만 예픰은 멈추지 않았다. 예픰은 옐리세이보다 걸음이 재서, 옐리세이는 예픰을 쫓아가기가 힘에 부쳤다.

"목을 좀 축이고 감세."

"그렇게 하게. 나는 괜찮네."

옐리세이가 걸음을 멈췄다.

"자네, 기다리지 말고 가게. 저기 보이는 집에 가서 목만

---

* 과거 제정 러시아의 무게 단위. 1푼트는 407.7그램이다.

축이고 가겠네. 곧바로 뒤쫓아가겠네."

"알겠네."

예핌은 혼자 길을 갔고, 옐리세이는 농가로 방향을 틀었다. 다가가서 보니 집은 크지 않았고, 지저분했다. 위는 하얗지만 아래는 시커멓고 진흙 칠이 벗겨져 있었다. 오래전부터 진흙을 바르지 않은 것이 분명했다. 지붕은 한쪽이 들려 있었다. 마당을 가로질러 집 입구가 있었다. 옐리세이는 마당으로 들어갔다. 마당에 들어서자 토담 밑에 턱수염이 없이 비쩍 마른 사람이 소러시아식으로 셔츠를 바지 속에 넣어 입은 채 누워 있었다. 보아 하니 남자는 시원한 그늘을 찾아 누워 있으려고 했던 것 같은데, 지금은 해가 그를 곧바로 비추고 있었다. 이 사람은 누워 있기는 했지만 잠이 든 건 아니었다. 옐리세이가 그를 부르며 물 좀 얻어 마실 수 있냐고 물었지만 남자는 대답이 없었다. 옐리세이는 '병이 들었거나 불친절한 사람이구나'라고 생각하고 문간으로 다가갔다. 집 안에서 아이가 우는 소리가 들렸다. 옐리세이는 문고리를 두드리면서 "계십니까?"라고 불렀지만 대답은 없었다. 다시 문고리를 흔들었다.

"아무도 안 계십니까?"

여전히 인기척이 없었다.

"하나님의 종들이시여!"

역시 대답이 없었다.

옐리세이가 그만 돌아서려는데, 문 뒤에서 누군가 끙끙 대는 소리를 들었다. 그는 '이 집 사람들에게 무슨 일이 생긴 게 아닌가? 가서 살펴봐야겠다!'라고 생각하고 집 안으로 들어섰다.

4

옐리세이가 문고리를 돌려보니 문은 열려 있었다. 현관으로 들어서니 집 안으로 통하는 문도 열려 있었다. 왼쪽에는 페치카가 있었고, 정면으로 보이는 귀퉁이에는 성상과 식탁이 있었다. 식탁 뒤에는 긴 나무 의자가 있었다. 나무 의자에는 한 노파가 속옷 바람으로 머리에 아무것도 쓰지 않은 채 앉아 있었다. 노파는 머리를 식탁 위에 올려놓은 채였고, 그 옆에는 밀랍으로 만든 것같이 비쩍 마른 남자아이가 배만 불룩 나와서는 할머니의 소맷단을 당기며 칭얼대고 있었다.

옐리세이는 집 안으로 들어섰다. 집 안은 분위기가 어두웠다. 페치카 뒤쪽 침대에는 한 여인이 누워 있었다. 여자는 엎드려서 이쪽은 바라보지 못한 채 가래 끓는 소리를 내면서 다리를 구부렸다 폈다 할 뿐이었다. 여자가 몸을 이쪽저쪽으로 뒤척이니 지독한 냄새가 났다. 실례를 한 것 같은데 치워줄 사람이 없는 모양이었다. 그때 노파가 고개를 들고는 옐리세이를 보았다.

"누구요? 뭣이 필요하슈? 보다시피 우리 집엔 아무것도 없다오."

옐리세이는 그녀의 말을 알아듣고는 옆으로 다가갔다.

"할머니, 저는 물 좀 얻어 마시려고 들어왔습니다."

"아무것도 없다고 했잖소……. 물 떠올 사람도 없어요. 돌아가슈……."

옐리세이는 질문을 하기 시작했다.

"여긴 몸이 성한 사람이나 저 아주머니를 돌봐줄 사람이 없습니까?"

"여긴 아무도 없다니까 그러네. 한 사람은 마당에서 죽어 가고, 우리는 여기서 이렇게……."

낯선 사람을 보자 남자아이는 입을 다물었지만, 할머니가 말을 하자 다시 그녀의 소매를 붙잡고 울기 시작했다.

"빵! 할머니, 빵!"

옐리세이가 할머니에게 다시 질문을 하려는데, 밖에 쓰러져 있던 사내가 집 안으로 비틀거리며 들어왔다. 그는 벽에 기대면서 걸음을 옮겨 나무 의자에 앉으려고 했는데, 채 도착하지도 못하고 문지방에 걸려 구석으로 넘어졌다. 그러고는 몸을 일으키지도 못하고 힘겹게 말을 꺼냈다. 한 마디를 하는 데도 말이 뚝뚝 끊겼고, 겨우 숨을 쉬었다.

"전염병이 돌았어요. 게다가 지금은 굶어 죽게 생겼으니…….

저놈도 굶어 죽게 생겼지요…….”

남자가 고갯짓으로 남자아이를 가리키며 울기 시작했다.

옐리세이는 어깨에 둘러멘 자루를 바닥에 내려놨다가, 다시 나무 의자에 올려놓고 풀기 시작했다. 자루를 풀어서 빵과 칼을 꺼내 빵조각을 잘라서 남자에게 주었다. 남자는 받지 않고, 남자아이와 페치카 뒤에 웅크리고 있는 여자아이를 가리켰다. 그들에게 주라는 뜻인 것 같았다. 옐리세이는 남자아이에게 빵을 주었다. 아이는 냄새를 킁킁 맡더니, 손을 뻗어 앙상한 두 손으로 빵을 집고는 코를 박은 채 정신없이 먹었다. 페치카 뒤에 있던 여자아이도 나와서 빵을 뚫어지게 쳐다보았다. 옐리세이는 여자아이에게도 빵을 주었다. 그리고 빵을 더 잘라서 노파에게도 주었다. 노파도 빵을 받아서 먹기 시작했다.

“물을 좀 떠다주면 좋겠는데. 입이 바짝 말라버렸어요. 어제인지 오늘인지 물을 뜨러 가려고 했는데, 넘어져서 양동이까지 가지도 못했다우. 누가 안 가져갔다면 양동이는 거기 그대로 있을 텐데.”

옐리세이는 우물이 어디에 있는지 물었다. 노파가 일러준 대로 가자 양동이가 있었다. 옐리세이는 물을 길어와서 사람들에게 먹였다. 노파와 아이들은 빵과 물을 더 먹었지만 남자는 먹으려 하지 않았다.

“목에서 넘어가질 않는군요.”

그러는 동안에도 여자는 침대에서 몸을 일으키지도 못하고 정신도 못 차린 채 뒤척이고만 있었다. 옐리세이가 마을에 있는 가게에 가서 옥수수와 소금, 밀가루와 버터를 사왔다. 도끼를 찾아서 장작을 패 페치카에 불도 붙였다. 여자아이가 거들었다. 옐리세이는 수프와 죽을 끓여 사람들을 먹였다.

5

남자와 노파는 음식을 조금 먹었는데, 아이들은 한 그릇을 뚝딱 비우더니 서로 부둥켜안고 잠이 들었다.

남자와 노파가 어떻게 된 일인지 이야기를 꺼냈다.

"그 전까지도 넉넉하게 산 건 아니었어요. 그러다가 지난 흉년으로 수확거리가 없자 가을부터는 남아 있던 것으로 연명했지요. 그마저도 떨어져서 이웃들과 선량한 사람들에게 빌리게 되었답니다. 그들도 처음에는 먹을 걸 나누어 주더니, 나중에는 거절하더군요. 기꺼이 주고 싶어한 사람들도 있었지만, 그들도 나누어 줄 것이 없었어요. 저희도 여기저기서 돈을 꾸고 번번이 밀가루와 빵을 얻으러 다니자니 창피하기도 했어요. 그래서 일거리를 찾아 나섰는데, 일거리도 없었습니다. 사람들이 입에 풀칠이라도 하려고 어디든 일거리만 보면 달려들었거든요. 하루 일하면 이틀 놀면서 일을 찾는 거죠. 어머니가 딸아이와 동냥을 하러 멀리 다니기 시작했죠. 아무도 빵이 없어서 동냥도 시원찮았어요. 어쨌거나 목구멍에 겨우 풀칠은 했고, 햇보리가 날 때까지 버틸 수 있을 것이라고 생각했어요. 하루 먹으면 이틀은 굶었죠. 그러다 풀을 뜯어먹기 시작했어요. 그런데 아내가 풀독이 올랐는지 그만 병에 걸려 쓰러졌죠. 아내는 몸져 누워 있고, 저도 이제 힘이 없어요. 몸이 회복되려면 뭘 좀 먹어야 하는데 먹을 것이 없으니까요."

이번에는 노파가 입을 열었다.

"저도 혼자 구걸을 하러 다녔지만, 이젠 못 먹어서 기운이 다 빠져버렸어요. 손녀딸도 몸이 약해졌고 거기다 겁까지 집어먹어서 이웃집에 심부름을 시켜도 가지를 않아요. 구석에 숨어서는 꼼짝도 안 해요. 그저께는 이웃집 여자가 우리 집에 들렀는데, 식구들이 병든 것을 보더니 몸을 돌려 나가버렸죠. 그 여자도 남편이 도망쳐버리고, 어린아이들에게 먹일 것도 없으니까요. 그래서 이렇게 누워서 죽기만을 기다렸지요."

이들이 하는 말을 끝까지 들은 옐리세이는 그날 바로 친구를 쫓아가려던 마음을 고쳐먹고는 그곳에서 밤을 보냈다. 다음날 아침 일어나자 옐리세이는 마치 집주인이라도 된 것처럼 집안일을 돌보기 시작했다. 노파와 빵 반죽을 만들었고, 페치카에 불을 붙였다. 그러고는 여자아이와 함께 근처를 돌면서 쓸 만한 물건이 있나 알아보았다. 하지만 쓸 만한 거라곤 아무것도 없었다. 연장도, 옷도 모조리 다 먹을 것과 바꿔버렸기 때문이었다. 그래서 옐리세이는 어떤 건 스스로 만들고, 어떤 건 사면서 필요한 물건을 갖추기 시작했다.

옐리세이는 그렇게 이 마을에서 하루, 이틀, 사흘을 보냈다. 남자아이는 몸을 회복해 옐리세이가 의자에 앉아 있으면 다가와 애교를 부렸다. 여자아이도 한결 명랑해져서는 무슨 일이든지 거들었다. 항상 "할아버지! 할아버지!" 하면서 옐리세이 뒤를 졸졸 쫓아다녔다.

노파도 기운을 차리고 이웃집을 다닐 수 있게 되었다. 주인 남자도 걷기 시작했다. 그의 아내만 일어나지 못했는데, 사흘째 되던 날 기운을 차리고는 먹을 것을 달라고 부탁했다. 그제야 옐리세이는 '이렇게 오랫동안 머무를 거라곤 생각하지 못했는데, 이제는 떠나야겠다' 하고 생각했다.

6

나흘째 되는 날은 축제 전날이었다. 옐리세이는 생각했다.

'이 사람들과 전야를 축하하고, 선물을 좀 사주고 나서 저녁에 떠나야겠다.'

옐리세이는 다시 마을로 가서 우유와 밀가루, 기름을 조금 사다가 노파와 함께 음식을 만들고 빵을 구웠다. 다음 날 아침에는 아침 예배에 다녀온 후 식구들과 함께 맛있는 식사를 했다.

이날은 여인도 몸을 일으켜서 걷기 시작했다. 남자는 면도를 하고, 할머니가 빨래한 깨끗한 셔츠를 입고는 마을 유지에게 부탁을 하러 갔다. 마을 유지에게 밭과 목초지를 담보로 잡혔는데, 수확철이 될 때까지만 잠시 내어주면 안 되겠냐고 사정을 하러 간 것이었다. 저녁 무렵 남자는 풀이 죽은 채 집으로 돌아와서 울음을 터뜨렸다. 유지가 자비를 베풀지 않았던 것이다. 그는 "돈을 가져오시오"라고 말했다고 했다.

옐리세이는 또다시 생각에 잠겼다.

'이제 이들은 어떻게 살지? 다른 사람들은 풀을 베러 가는데, 이들은 목초지를 담보로 잡혀 가진 게 아무것도 없으니. 호밀이 익으면 사람들은 추수를 할 텐데, 마을 유지에게 땅을 팔아버린 탓에 이들은 기다려볼 호밀이 없으니 어떡한담? 내가 떠나버리면 이들은 또 가난하게 살 거야.'

옐리세이는 생각에 깊이 잠겨서 저녁에 마을을 뜨지 못했다. 그는 마당으로 나가 기도를 드린 뒤 자려고 누웠지만 좀처럼 잠이 오지 않았다. 시간도, 돈도 이미 많이 허비했으니 이제는 떠나야 한다는 마음과, 이 사람들이 안쓰럽다는 마음이 공존했다.

'이러다가는 끝이 없겠어. 이들에게 물이나 길어다 주고 빵조각을 나눠 주고 떠날 생각이었는데, 이제는 밭과 목초지를 찾아줘야 하게 되었어. 그렇게 되면 아이들을 위해 젖소를 사줘야 할 테고, 남자에겐 짚단을 실을 수 있는 말도 사줘야 할 거야. 옐리세이, 너 완전 말려들었어. 대체 어떻게 할 작정이야?'

옐리세이는 일어나서 베개로 삼았던 겉옷을 잡아 펼치고는, 담배쌈지를 조금 꺼내 냄새를 맡으며 생각을 정리하려고 했지만, 아무리 생각해도 방법이 없었다. 떠나야 하는데 이 사람들이 가여워 어찌할 바를 몰랐다. 그는 다시 겉옷을 둘둘 말아 베고 누웠다. 그렇게 누워 있는 사이 어느새 수탉이 울었고, 그는 그제야 잠이 들었다. 그때 갑자기 누군가 그를 살짝 깨우는 것 같았다. 깨서 보니 옐리세이는 어느새 떠날 준비를 다 하고 있었다. 자루를 등에 지고 지팡이를 챙겨서 대문으로 갔다. 마침 한 사람만 간신히 지나갈 정도로 열려 있었다. 그가 막 나가려는데 울타리 이쪽에 자루가 걸렸다. 자루를 빼내려는데 이번에는 저쪽 울타리에 각반이 걸려 풀어졌다. 그런데 자루를 당기면서 보니 그것은 울타리에 걸린 게 아니라 여자아이가 잡아당기는 거였다. 여자아이는 자루를 꽉 쥐고 애원했다.

"할아버지, 할아버지, 빵 좀 주세요!"

다리를 내려다보니 남자아이가 각반을 붙들고 있었고, 노파와 남자가 창밖으로 이 광경을 보고 있었다. 옐리세이는 꿈을 꾼 것이었다. 잠에서 깬 그는 혼잣말처럼 중얼거렸다.

"내일 밭과 목초지를 되찾아주고, 말도 한 필 사주자. 햇보리가 날 때까지 먹을 밀가루도 사고, 아이들에게 젖소도 사줘야겠어. 바다 건너 그리스도를 좇다가는 내 안의 그리스도를 잃겠어. 이 사람들을 도와야 해!"

이렇게 마음을 먹고 나서야 옐리세이는 아침까지 푹 잘 수 있었다. 그는 아침 일찍 일어나 유지를 찾아가서 돈을 주고 밭을 찾아왔다. 팔아치웠던 낫도 다시 사서 집으로 가지고 돌아왔다. 그는 남자에게 풀을 베라고 시키고, 그는 마을을 돌아다니다가 주막집 주인에게 팔았던 말과 수레를 찾았다. 흥정을 해서 산 말과 수레에 밀가루도 한 포대 싣고는 젖소를 사러 갔다. 가는 동안 옐리세이는 두 명의 소러시아 여자들 뒤를 따라 가게 되었는데, 여자들은 수다를 떨며 걸어가고 있었다. 여자들은 소러시아 말로 이야기했지만, 옐리세이는 알아들을 수 있었다. 그들은 옐리세이에 대해 말하고 있었다.

"처음에는 어떤 사람인지 전혀 몰랐대요. 그저 순례자이겠거니 생각했다는 거예요. 물을 얻어 마시러 들어왔다가 그대로 눌러앉아 버렸대요. 내가 오늘 봤는데, 주막집에서 말과 수레를 사더라고요. 요즘 세상에 그런 사람이 있다니, 같이 가서 볼래요?"

옐리세이는 이를 듣고는 사람들이 그를 칭송한다는 것을 알게 되었다. 그는 젖소를 사러 가지 않고 주막집 주인에게 돌아가서 말 값을 치렀다. 말에 수레를 씌워서 밀가루를 싣고 집으로 향했다. 그는 대문에 당도하자 수레에서 내렸다. 식구들은 말을 보더니 깜짝 놀랐다. 그들은 옐리세이가 그들을 위해 말을 샀다고 짐작했지만, 감히 이 말을 입 밖으로 꺼내지는 못했다. 주인 남자가 나와서 문을 열었다.

"영감님, 말은 어디서 났습니까?"

"내가 싼값에 샀소. 밤에 말을 먹여야 하니 풀을 좀 베어서 구유에 쌓아두시구려. 그리고 포대 좀 내려주시오."

주인 남자가 마구를 풀고 포대를 내려 창고로 옮겼다. 그런 다음 풀을 베어 구유에 넣었다. 모두들 잠자리에 들었다. 옐리세이는 집 밖에서 자기로 했다. 저녁 전에 자루를 미리 내놓은 것이었다. 모두가 잠이 들자 옐리세이는 일어나서 자루를 짊어지고 수피화를 신은 뒤 옷을 입고 예핌을 따라 잡기 위해 출발했다.

7

옐리세이가 5베르스타쯤 갔을 때 동이 트기 시작했다. 그는 나무 그늘에 앉아 자루를 풀고는 남은 돈을 세기 시작했다.

다 세어보니 17루블 20코페이카가 남아 있었다.

'흠, 이 돈으로는 바다를 건널 수가 없겠는걸! 그리스도의 이름으로 돈을 구걸하는 건 더 큰 죄야. 예핌은 혼자서도 잘 가서 내 대신 초를 밝혀주겠지. 나는 이제 죽을 때까지 순례는 물 건너갔구먼. 하지만 자애로운 하나님께서 굽어 살피실 거야.'

옐리세이는 일어나서 자루를 둘러메고는 왔던 길로 되돌아갔다. 그 마을을 지날 때는 사람들이 그를 볼세라 멀리 돌아갔다.

얼마 후에 옐리세이는 무사히 집에 도착했다. 집에서 출발할 때는 예핌을 쫓아가는 게 힘든 것처럼 느껴졌는데, 집으로 돌아오는 길은 하나님이 도와주시기라도 하듯 피곤한 줄도 모르고 걸었다. 나들이를 하듯 지팡이를 흔들며 하루에 70베르스타씩 걸었다.

옐리세이가 집에 도착하니 마침 식구들이 밭일을 끝내고 집에 돌아왔다. 식구들은 그를 보고는 기뻐하며 구경은 잘했는지, 왜 예핌을 놓쳤는지, 왜 여정을 끝내지 못하고 집으로 돌아왔는지 이것저것 물어보았다. 그러나 옐리세이는 말을 아꼈다.

"하나님이 인도하지 않으셨던 거야. 가던 길에 돈을 다 잃어버리곤 예핌을 놓쳐버렸어. 그렇게 가다가 돌아온 거지. 그리스도를 위해서라도 용서들 해줘."

옐리세이는 아내에게 남은 돈을 주었다. 다들 일을 열심히 해서 집안 형편은 아무런 문제가 없었다. 무엇 하나 빠진 일 없이, 모두가 평화롭고 사이좋게 지내고 있었다.

그날 예핌네 가족이 옐리세이가 돌아왔다는 말을 듣고는 예핌의 소식을 듣기 위해 찾아왔다. 옐리세이는 그들에게도 똑같이 말했다.

"예핌은 별 탈 없이 잘 갔네. 우리는 베드로 축제일 사흘 전에 헤어졌다네. 나는 뒤쫓아 가려고 했는데, 돈을 몽땅 잃어버려서 더 이상 갈 수가 없었기에 돌아왔지."

옐리세이처럼 영리한 사람이 그런 바보짓을 했다는 얘기를 듣고 사람들은 깜짝 놀랐다. 순례를 떠났다가 목적지에 가지도 못한 채 돈만 잃어버리다니? 사람들은 한동안 의아해했지만 곧 잊었다. 옐리세이도 그 일은 다 잊고 다시 집안 일을 하기 시작했다. 아들과 함께 겨울에 쓸 장작을 마련하고, 여자들과 밀을 타작하고, 헛간 지붕을 새로 덮었고, 꿀벌을 돌보고, 이웃에게 벌통 열 개를 새로 깐 새끼 벌과 함께 주었다. 아내는 이 벌통에서 깐 새끼 벌이 얼마인지 숨기고 싶어했지만, 옐리세이는 어느 통에 새끼 벌이 났고, 어떤 통에는 안 났는지 이미 알고 있었다. 그래서 이웃에게 열 통이 아니라 열일곱 통을 주었다. 겨울 날 채비를 다 끝내고 나서 옐리세이는 아들을 품팔이에 보내고, 그 자신은 겨울을 나기 위한 수피화를 삼고 벌통으로 쓸 통나무의 속을 팠다.

8

옐리세이가 병든 이들의 집에 남았던 바로 그날, 예핌은 멀지 않은 곳에서 온종일 친구를 기다렸다. 그는 졸다 깨다 하며 하염없이 친구를 기다렸지만 옐리세이는 오지 않았다. 혹시라도 친구가 올까 눈을 크게 뜨고 사방을 둘러보았지만, 이미 해가 서산 끄트머리에 걸려 있는데도 옐리세이는 보이지 않았다.

'나를 앞질렀을 리는 없는데. 아니면 누가 태워주기라도 했나? 내가 자는 동안 날 못 보고 지나쳤나? 날 못 봤을 리가 없는데. 평지에서는 멀리서도 잘 보이니까. 되돌아 가볼까? 그러다가 앞서 가버리면 어떡하지. 거리가 더 멀어지는 게 훨씬 더 나쁘지. 계속 가야겠군. 여인숙에서 만날 수도 있으니.'

마을에 도착한 예핌은 어떤 노인이 오거든 그를 자기가 묵는 여인숙으로 데리고와 달라고 촌장에게 부탁했다. 하지만 옐리세이는 여인숙에도 오지 않았다. 다음 날 길을 나선 예핌은 만나는 사람마다 대머리 노인을 보지 못했느냐고 물었지만 아무도 노인을 보지 못했다고 했다. 예핌은 고개를 갸우뚱거리며 혼자서 계속 길을 갔다. '오데사*나 배에

---

* 우크라이나 서남부에 있는 도시.

서나 어디서든지 만나겠지'라고 생각하고는 엘리세이에 대한 생각을 떨쳤다.

예핌은 길을 가다 순례자 한 명을 만났다. 그는 사제복을 입고 길게 기른 머리에 사제들이 쓰는 모자를 쓰고 있었다. 그는 아토스 산에도 가본 적이 있는데, 이번이 두 번째 예루살렘행이라고 했다. 두 사람은 여인숙에서 만나 이야기를 잠시 나누고는 함께 길을 나섰다.

오데사까지는 별 탈 없었다. 이들은 꼬박 사흘 동안 배를 기다렸다. 각지에서 온 수많은 순례자들이 기다리고 있었다. 예핌은 또다시 엘리세이에 대해 묻고 다녔는데, 그를 본 사람은 아무도 없었다.

예핌은 해외 여행 허가증을 받는 데 5루블을 냈다. 왕복 뱃삯으로 40루블을 낸 뒤에 가는 길에 먹을 빵과 청어를 조금 샀다. 이윽고 배가 짐을 싣고 순례자들도 배에 올라탔다. 예핌과 그 순례자도 배에 올랐다.

닻이 오르고 항해가 시작되었다. 첫날은 괜찮았는데, 저녁 무렵 바람이 불기 시작하더니 비가 쏟아졌다. 배가 흔들리면서 물이 차오르기 시작했다. 사람들은 우왕좌왕했고, 여자들은 울부짖기 시작했으며, 마음이 약한 남자들은 갑판을 뛰어다니면서 몸을 숨길 곳을 찾았다. 예핌도 겁에 질렸지만 내색하지 않았다. 그는 배에 올라서 탐보프에서 온 노인들 옆에 자리를 잡았는데, 앉은 자세 그대로 그날 밤과

다음 날 하루 종일을 보냈다. 자루만 꼭 쥔 채 아무 말도 하지 않았다. 사흘째가 되자 바람이 잔잔해졌다.

닷새째 되던 날에 콘스탄티노플에 도착했다. 그곳에서 순례자들은 육지에 내려서 터키인들이 점령한 소피아 대성당을 구경하러 갔다. 하지만 예핌은 배에서 내리지 않고 계속 앉아 있었다. 흰 빵만 조금 샀을 뿐이었다. 배는 그곳에서 꼬박 하루를 정박한 후 다시 항해를 시작했다. 가다가 스미르나 알렉산드리아에서도 정박했고, 마침내 야파에 도착했다.

모든 순례자들은 야파에서 내려야 했다. 예루살렘까지 70베르스타를 걸어가야 했다. 배에서 내릴 때도 위험한 일이 있었다. 높은 갑판에서 아래에 있는 보트로 뛰어내려야 했는데, 보트가 흔들리고 있어서 그 옆으로 떨어지는 사람이 있었다. 두 명이 물에 빠져 온통 젖은 것 외에 나머지는 무탈하게 내렸다.

배에서 내린 후에는 모두 걸어가기 시작했다. 걸은 지 사흘째 되던 날 점심 무렵 예루살렘에 도착했다. 이들은 도시 외곽에 있는 러시아인이 하는 여인숙에서 짐을 풀고 통행증에 도장도 받았다. 예핌은 점심을 먹고 순례자와 둘이 성지 순례를 갔다. 가장 중요한 그리스도의 관은 아직 볼 수 없었기 때문에, 이들은 대주교 수도원으로 갔다. 그곳에는 예배자들이 잔뜩 있었는데, 남성과 여성이 따로 앉도록 되어 있었다. 이들은 신을 벗고 둥그렇게 모여 앉아달라고 부탁받았다. 신부 한 명이 수건을 가지고 나와서 모두의 발을 닦아주기 시작했다. 씻겨주고, 닦아주고, 발에 입맞춤을 하며 모두에게 그렇게 해주었다. 예핌의 발도 씻겨주고 입맞춤을 해주었다. 사람들은 저녁 기도와 아침 기도를 드리고, 촛불을 켜고 죽은 부모님을 위한 위령 기도를 했다. 그러고 나서 성찬이 나왔다. 다음 날 아침 이들은 이집트의 마리아가 구원을 받은 수도실로 가서 촛불을 켜고 기도를 했다. 그리고 아브라함 수도원으로 향했다. 아브라함이 아들을 하나님께 바치려 했던 사베크 동산도 둘러보았다. 그다음 마리아 막달레나 앞에 그리스도가 모습을 드러냈다는 곳과, 그리스도의 형제 야곱의 교회에도 들렀다. 순례자는 일일이 안내를 하면서 가는 곳마다 어디에 얼마만큼 헌금을 해야 하는지 말했다. 점심 무렵 이들은 숙소로 돌아와서 식사를 했다. 그러고 나서야 겨우 잠자리에 들려고 하는데, 순례자가 옷을 주섬주섬 뒤지더니 한탄을 하기 시작했다.

"돈이 들어 있는 지갑을 도둑맞았어요. 10루블짜리 두 장이랑 3루블 해서 23루블이 있었는데."

순례자는 탄식하고, 또 탄식했지만 어쩔 수 없었다. 모두가 잠자리에 들었다.

9

예핌도 잠자리에 들었는데, 문득 의심이 들었다.

'이자는 돈을 도둑맞은 게 아니야. 원래부터 돈이 없었던 거야. 아무 데서도 헌금을 내지 않았잖아. 나한테는 헌금을 내라고 하더니, 정작 본인은 내지도 않으면서 도리어 내게 1루블을 꿨잖아.'

하지만 예핌은 곧 그런 생각을 하는 스스로를 꾸짖기 시작했다.

'내가 사람을 판단하다니, 죄를 짓는 거야. 다시는 이런 생각을 말아야겠다.'

그런데 생각이 가시자마자 그 순례자가 얼마나 돈에 빈틈이 없는 사람인지 떠올랐다. 그리고 그가 지갑을 잃어버린 사람답지 않게 떠들어대던 모습이 자꾸만 떠올랐다.

'그는 돈이 없었던 거야. 모두를 속이려는 수작인 거지.'

다음 날 아침 이들은 부활 대성당에서 열리는 새벽 미사에 갔다. 부활 대성당은 그리스도의 관이 있는 곳이었다. 순례자는 예핌에게서 떨어지지 않고 줄곧 붙어서 다녔다.

그들은 성당에 도착했다. 러시아 외에 그리스, 아르메니아, 터키, 시리아 등에서 온 순례자들이 많이 모였다. 예핌도 사람들과 함께 성스러운 문으로 들어갔다. 한 신부가 그들을 안내했다. 이들은 터키 보초 옆을 지나 그리스도를 십자가에서 내려서 성유를 발랐다고 하는, 촛대에 큰 촛불 아홉 개가 타고 있는 곳으로 안내받았다. 신부는 일일이 보여주며 설명해주었다. 그다음 예핌은 오른쪽 계단을 올라가 십자가가 서 있었던 골고다 언덕으로 갔다. 그는 그곳에서 기도를 드렸다. 신부는 그다음 땅이 지옥까지 움푹 갈라진 자리로 안내를 했고, 그다음엔 그리스도의 손과 발에 못이 박힌 장소로, 그다음에는 그리스도의 피가 뼈 위로 흘렀다는 아담의 묘로 안내했다. 그다음에는 그리스도가 가시관을 쓸 때 앉아 있었던 바위와 채찍질을 당할 때 묶여 있었던 기둥에 갔다. 다음에 예핌은 그리스도의 두 다리가 묶여서 구멍이 두 개 났다는 돌을 보았다. 신부는 무언가를 더 보여주고 싶어했지만 사람들은 서둘렀다. 모두가 그리스도의 관이 있는 동굴로 바삐 갔다. 거기에서는 다른 종파의 의식이 끝나고 러시아 정교식 예배가 시작되고 있었다. 예핌은 사람들과 함께 동굴로 갔다.

그는 순례자에게서 벗어나고 싶었다. 마음속에 온통 그에 대한 나쁜 생각이 들었기 때문이다. 그런데 순례자는 그에게서 떨어질 생각이 추호도 없이 미사에도, 그리스도의 관에도 함께 갔다. 두 사람은 그리스도의 관에 더 가까이 다가가고 싶었지만 너무 늦어버렸다. 사람들이 빽빽하게 서 있어서 앞으로도, 뒤로도 갈 수 없었다. 예핌은 가만히 서서 앞을 보며 기도를 하면서도, 이따금 지갑이 제자리에 있나

더듬더듬 만졌다. 그의 머릿속에는 두 가지 생각뿐이었다. 첫 번째는 순례가가 그를 속였다는 생각이었고, 두 번째는 순례자가 그를 속인 것이 아니라 정말로 지갑을 도둑맞았다면 그에게는 그런 일이 없었으면 좋겠다는 생각이었다.

10

예픔은 그렇게 서서 기도를 하며 예배당이 있는 앞쪽을 바라보았다. 예배당엔 묘가 있었고, 등불이 서른여섯 개 타고 있었다. 예픔이 사람들 머리 너머로 서서 바라보는데, 이게 웬일인가! 성화가 타고 있는 등불 바로 아래, 맨 앞자리에 옐리세이처럼 대머리인 남성이 카프탄을 입은 채 서 있는 것이 아닌가!

'영락없이 옐리세이군. 어떻게 그가 여기 있는 거지? 나를 앞서갈 수 없었을 텐데. 내가 탄 배보다 먼저 출발한 배는 일주일 전에 떠났다고 했는데 말이지. 이 친구가 나를 앞질렀을 리가 없지. 내가 탄 배에도 없었고 말이야. 모든 순례자들을 하나하나 다 살펴봤는데.'

예픔이 막 그런 생각을 하자마자 그 노인은 기도를 하기 시작했고, 세 번 고개를 숙였다. 한 번은 십자가상 앞에, 두 번은 좌우에 있는 러시아 정교도들을 향해서였다. 노인이 오른쪽으로 고개를 틀자마자 예핌은 그를 한눈에 알아보았다. 까무잡잡하고 곱슬곱슬한 턱수염, 볼에 난 희끗희끗한 털, 눈썹, 눈, 코 등 아무리 뜯어봐도 옐리세이였다.

예핌은 친구를 찾아서 기뻤지만, 한편 어떻게 옐리세이가 그를 앞질러 갈 수 있었는지 궁금했다.

'저 친구 좀 보게. 어떻게 먼저 간 거야! 누가 가는 길에 태워다 줬나보군. 여기서 나가는 길에 옐리세이를 붙잡아 유대인 모자를 쓴 이 순례자는 따돌려야겠군. 옐리세이가 나를 앞쪽으로 안내해줄지도 몰라.'

예핌은 옐리세이를 놓칠까봐 그를 연신 바라보고 있었다. 미사가 끝나고 사람들이 파도처럼 움직이기 시작했다. 사람들은 십자가에 입맞춤을 하려고 서로 밀치며 예핌을 한쪽으로 밀어냈다. 그는 지갑을 도둑맞지는 않을까 또다시 걱정했다. 그래서 한손으로는 지갑을 잡고 밖으로 나가기 위해 재빨리 움직이기 시작했다. 밖으로 나와서 이리저리 돌아다니며 사원 안팎으로 옐리세이를 찾고, 또 찾았다. 사원 안에서 수도실을 돌아다니며 이런저런 사람들을 보았다. 식사를 하는 사람들도 있고, 와인을 마시는 사람들, 자는 사람들, 독서를 하는 사람들이 있었다. 그런데 옐리세이는 아무 데도 없었다. 예핌은 성당으로 돌아왔지만 여전히 친구는 없었다. 그날 저녁 순례자는 오지 않았다. 순례자는 돈도 갚지 않은 채 자취를 감춰버렸다. 예핌은 홀로 남았다.

이튿날 예픾은 배에서 만났던 탐보프에서 온 노인들과 함께 또다시 그리스도의 관으로 참배를 하러 갔다. 배 안에서의 인연이 지속된 것이었다. 예픾은 어떻게든 앞으로 나가려고 했지만, 사람들이 또 그를 밀어내서 그는 기둥 옆에서 기도하기 시작했다. 그러다 고개를 들어 앞을 보니 그리스도의 관 앞에 있는 등잔 아래 앞줄에 옐리세이가 있었다. 지성소에 있는 신부들처럼 두 팔을 벌린 채 서 있었고, 대머리는 빛을 받아 반짝반짝 빛나고 있었다. 예픾은 '이번엔 놓치지 말아야지'라고 생각했다. 그는 앞으로 가려고 사람들을 마구 제치고 나왔는데, 옐리세이는 없었다. 밖으로 나간 모양이었다.

사흘째 되는 날 또다시 관 옆에서 보니 가장 눈에 띄는 자리에 옐리세이가 두 팔을 벌리고 서서 마치 무언가를 바라보듯이 우러러보고 있었다. 그의 머리가 반짝반짝 빛나고 있었다. 예픾은 '이번에는 기필코 놓치지 말아야지. 출구 근처에 가서 서 있어야겠다. 거기선 놓치지 않겠지'라고 생각했다. 예픾은 밖으로 나가서 반나절을 지키고 서 있었다. 사람들이 전부 지나갔지만 옐리세이는 보이지 않았다.

예픾은 예루살렘에서 여섯 주를 보내면서 온갖 곳을 방문했다. 베들레헴도, 베다니 마을도, 요르단 강도 갔고, 그

리스도의 관 옆에서 수의로 쓸 루바시카*에 도장을 받기도
했다. 요르단 강에서 작은 유리병에 강물과 흙을 조금 담기
도 했고, 성화를 태운 양초를 얻기도 했다. 총 여덟 군데에
서 위령 기도를 했다. 그렇게 집에 갈 돈만 남기고 모조리
다 써버렸다.

예핌은 집을 향해 출발했다. 야파까지 가서 배를 탔고, 오
데사에서 하선해 다시 걸어서 집으로 돌아왔다.

11

예핌은 왔던 길을 그대로 따라 돌아왔다. 집이 가까워지자
늘 그랬듯 집안일이 걱정되기 시작했다.

'그간 일 년도 넘게 집을 떠나 있었군. 집안을 일으키는
데는 평생이 걸리지만, 무너뜨리는 것은 순간이지. 아들이
나 없이 어떻게 집안을 관리했을까? 봄에 농사일은 시작했
나? 가축은 어떻게 겨울을 났으며, 새 집은 시킨 대로 다 지
었을까?'

어느덧 예핌은 지난해에 옐리세이와 헤어진 마을에 이르

---

* 러시아 남자가 착용하는 블라우스풍의 상의. 현재는 러시아 민속의상을 대표하지만, 원
래는 농민의 작업복이었다.

렀다. 그간 사람들은 몰라볼 정도로 변해 있었다. 지난해만 해도 가난에 허덕였던 마을 사람들이, 이제는 넉넉하게 잘 살고 있었다. 들판에 곡식들도 잘 자랐다. 사람들은 살이 올랐고, 전에 겪었던 궁핍함을 잊고 사는 것 같았다. 저녁 무렵 예핌은 옐리세이가 물을 얻어 마시느라 들렀던 그 마을에 도착했다. 마을로 들어가자마자 어떤 집에서 흰 루바시카를 입은 여자아이가 뛰쳐나왔다.

"할아버지, 할아버지! 우리 집에 들렀다 가세요."

예핌은 지나쳐 가려고 했는데, 여자아이가 그를 놔주지 않고 질질 끌어서 집으로 데려가면서 키득거렸다.

한 여인과 남자아이도 현관으로 나와서 손짓했다.

"영감님, 들어와서 저녁을 드시고 한밤 주무시고 가세요."

예핌은 그 집으로 들어갔다.

'옐리세이에 대해서 물어봐야겠군. 그때 이 집에 목을 축이러 왔던 것 같은데.'

여인이 그의 짐을 받아 들고는 씻을 물을 떠다 주고, 식탁에 앉으라고 권했다. 그녀는 우유를 꺼냈고, 바레니키*와 죽을 식탁에 차렸다. 예핌은 감사 인사를 하고는 이렇게 순례자를 잘 대접하다니 고마운 일이라고 여인을 칭찬했다. 그러자 그녀가 고개를 저었다.

---

* 감자와 양배추가 들어간 러시아식 만두.

"순례자들을 대접하지 않을 수가 없어요. 한 순례자 덕분에 삶을 알게 되었는걸요. 우리는 하나님을 잊은 채 살아서 벌을 받고 모두가 죽음만을 기다리고 있었습니다. 작년 여름에 먹을 것도 없이 모두가 병든 채 누워만 있었어요. 온 식구가 죽기만을 기다리는데 하나님께서 어르신 같은 한 영감님을 보내주셨지요. 그분은 낮에 목을 축이러 들어오셨다가 우리를 보고는 가엾게 여기셔서 이곳에 머무르셨어요. 마실 것과 먹을 것을 주시고, 우리가 마침내 자립할 수 있게 도와주시고, 땅도 사주시고, 수레가 달린 말을 사서 주고 가셨지요."

한 노파가 집으로 들어와서 여인의 말을 가로챘다.

"우리는 그분이 사람이었는지, 천사였는지 모른답니다. 그분은 우리 식구를 딱하게 여겨 사랑을 베풀어주시고는 이름도 말해주지 않고 떠나버리셨죠. 그러니 하나님께 누구를 위해 기도를 해야 할지도 모른답니다. 지금도 그때 일이 눈앞에 선합니다! 누워서 죽기만을 기다리는데, 머리가 벗겨진 평범한 노인이 물을 마시러 들어왔죠. 저는 대체 누가 남의 집을 기웃거리나, 하고 타락한 생각을 했는데, 그분이 한 일을 보세요! 우리를 보자마자 자루를 내려놨어요. 바로 여기에 자루를 내려놓고는 풀었지요."

이번에는 여자아이도 거들었다.

"할머니, 아니에요. 먼저 여기 집 한가운데에 자루를 내려놓고, 그다음에 의자에 올려놓으셨어요."

그들은 그렇게 아옹다옹하면서 그가 한 모든 말과 일을 떠올리기 시작했다. 어디에 앉았는지, 어디에서 잤는지, 무얼 했는지, 누구에게 무슨 말을 했는지 하나하나 말했다.

밤이 되자 집주인 남자가 말을 타고 와서 옐리세이가 어떤 일을 했는지 말하기 시작했다.

"그분이 오시지 않았더라면, 우리는 모두 죽었을 겁니다. 하나님과 사람들을 원망하며 절망 속에서 죽었겠지요. 그런데 그분께서 우리를 일으켜 세워주셨고, 그분 덕분에 우리는 하나님을 알게 되었고, 선한 사람들을 믿기에 이르렀지요. 하나님이 그분과 함께하시길! 그 전까지는 짐승이나 다름없는 삶을 살았는데, 그분이 우리를 사람으로 만들어주셨어요."

그 집 사람들은 예핌을 배불리 먹이고는 잠자리를 봐주고, 그들 또한 잠자리에 들었다.

예핌은 누워 있었지만 잠이 오지 않았다. 예루살렘에서 세 번이나 앞자리에 서 있었던 옐리세이가 머릿속에서 떠나지 않았다.

'바로 여기서 옐리세이가 나를 앞섰구나! 하나님께서 내 노력을 알아주실는지는 모르겠지만, 그를 친히 거두어주신 건 분명하다.'

이튿날 아침 그 집 사람들이 예핌과 작별 인사를 한 후 그

에게 길에서 먹을 피로그*를 챙겨 주고는 일을 하러 갔고,
예핌은 계속해서 길을 갔다.

12

예핌은 집을 떠난 지 꼬박 일 년째 되는 봄날 다시 집으로
돌아왔다. 저녁 무렵 집에 들어서니 아들은 주막집에 가 있
느라 집에 없었다. 아들은 술이 거나하게 취한 채 돌아와서
는 예핌에게 이것저것 묻기 시작했다. 예핌이 없는 사이에
돈을 헤프게 써버린 기색이 역력했다. 쓸데없는 곳에 돈을
써버리고, 집안일도 팽개친 듯했다. 예핌이 아들을 야단치
자 아들은 도리어 대들었다.

"아버지는 갑자기 성지 순례를 가버리셨으면서, 돈도 모
조리 챙겨서 떠났으면서, 이제 와서 제게 뭘 바라세요?"

예핌은 화가 나서 아들을 때렸다.

다음 날 아침 예핌이 아들에 대해 상의하기 위해 촌장에
게로 가는 길에 옐리세이네 집 옆을 지나게 되었다. 옐리세
이의 아내가 현관에 서서 인사했다.

"영감님, 안녕하세요? 성지 순례는 잘 다녀오셨나요?"

---

* 밀가루 반죽 안에 고기나 채소 등 여러 재료를 넣고 구운 러시아식 파이.

예핌이 발길을 멈추고 말했다.

"다행히 잘 다녀왔습니다. 도중에 바깥양반과 헤어졌는데, 듣자 하니 집에 무사히 왔다고요?"

그러자 옐리세이의 아내가 말을 하기 시작했다. 그녀는 수다쟁이였다.

"우리 바깥양반은 돌아온 지 오래됐어요. 성모 승천대축일 직후에 오셨답니다. 하나님 덕분에 집에 무사히 돌아와서 어찌나 기뻤던지요! 우리 모두가 그이를 그리워하던 참이었거든요. 이제는 나이가 들어서 대단한 일은 못하지만, 그래도 집안의 어른이니 의지하고 사는 거죠. 아들도 정말 기뻐했지요! 아버지가 안 계시니 눈에 빛이 꺼진 것 같다나요. 그이가 너무 그리웠고, 우린 그이 없이 살 수 없어요."

"옐리세이는 지금 집에 있나요?"

"네, 양봉장에서 새끼 벌 떼를 모아요. 새끼 벌이 아주 많이 났거든요. 하나님 덕분에 벌이 많이 늘어서, 이제는 바깥양반이 기억도 못할 정도랍니다. 하나님께서 보살펴주신 덕분이지요. 들어오세요, 그이가 기뻐할 거예요."

예핌은 대문과 마당을 지나 옐리세이가 있는 양봉장으로 갔다. 양봉장에 들어서서 보니 옐리세이는 회색 외투를 입은 채 그물망과 장갑도 없이 서 있었다. 그는 예루살렘에서 그리스도의 관 근처에서 본 모습처럼 자작나무 아래에 서서 두 팔을 벌리고 하늘을 우러러보고 있었는데, 그의 머리는 예루살렘에서처럼 반짝반짝 빛나고 있었다. 성지에서 타오르는 불길처럼 강렬한 햇빛이 자작나무 잎사귀 사이로 내리쬐었고, 황금빛 꿀벌들이 옐리세이의 머리 주위에서 면류관처럼 빙글빙글 돌고 있었지만 쏘지는 않았다. 예핌은 그 자리에 멈춰 섰다.

옐리세이의 아내가 남편을 불렀다.

"여보, 예핌 영감님 오셨어요!"

옐리세이는 뒤를 돌아보더니 기뻐서 어쩔 줄 몰랐다. 그는 턱수염에 붙어 있는 벌을 조금씩 떼어내면서 친구를 맞이하러 나왔다.

"여보게, 잘 다녀왔는가? 순례는 어땠나?"

"어쨌든 다녀오긴 했네. 자네에게 주려고 요르단 강물을 떠왔네. 이따가 와서 가져가게나. 하나님께서 내 정성을 받아주셨을는지⋯⋯."

"다행이구먼. 하나님의 가호가 있기를!"

예핌은 침묵했다.

"몸은 다녀왔네만, 영혼이 다녀왔는지는 누가 알겠나⋯⋯."

"하나님의 뜻일세, 친구. 하나님의 뜻이야."

"돌아오는 길에 자네가 머물렀던 집에 들렀네."

옐리세이는 화들짝 놀라서 말을 서둘렀다.

"하나님의 뜻일세, 친구. 하나님의 뜻이야. 안으로 들어오게나, 내 꿀을 내오겠네."

옐리세이는 집안일로 말을 돌려 이야기하기 시작했다.

예핌은 한숨만 내쉬었을 뿐, 가난한 집에서 있었던 사람들과, 그가 예루살렘에서 옐리세이를 본 일에 대해서는 함구했다. 이 세상 모든 사람들이 죽는 날까지 사랑과 선행으로 자신의 의무를 다하는 것이야말로 하나님의 뜻대로 행하는 길임을 예핌은 그제야 깨달았다.

사람에게는
얼마만큼의 땅이 필요한가

1

어느 날 도시에 사는 언니가 여동생을 만나러 시골에 왔다. 언니는 상인에게 시집을 가서 도시에 살았고, 동생은 농부에게 시집을 가서 시골에서 살았다.

자매는 차를 마시면서 대화를 나누었다. 언니가 도시에서의 삶을 자랑하며 뽐내기 시작했다. 도시에서 얼마나 넓고 깨끗한 집에 사는지, 아이들을 얼마나 잘 차려 입히는지, 맛있는 음식을 얼마나 많이 먹고 마시는지, 또 얼마나 자주 마차를 타고 주변을 구경하러 다니거나 산책을 하고, 극장에 다니는지 이야기하기 시작했다.

동생은 분한 마음에 상인의 삶을 무시하고, 농부의 삶을 추켜세웠다.

"나는 내 생활을 언니의 삶과 바꾸지 않을 거야. 물론 화려하게 사는 건 아니지만, 딱히 걱정도 없거든. 언니네는 더 호화롭게 살지만, 장사가 엄청 잘되거나 아니면 아주 크게 손해를 보거나 둘 중에 하나지. '손해는 이득의 형'이라는 속담도 있잖아. '오늘은 부유해도 내일은 남의 집 처마 밑에 설 수 있다'는 말도 있고. 그런데 농사일은 거짓말을 하지 않아. 부자가 되진 못해도 배를 곯지는 않지."

그러자 언니가 말하기 시작했다.

"배부르게 산다고? 돼지도, 송아지도 배는 부르게 살 수 있는걸! 네가 예쁘게 꾸미길 하니, 훌륭한 사람들을 만나기를 하니! 네 남편이 아무리 일을 많이 해도, 거름 속에서 살다가 죽겠지. 아이들도 똑같은 삶을 살 거고."

동생이 말했다.

"우리 일이 그런 걸. 대신 큰 기복 없이 살잖아. 누구에게도 머리를 숙일 일도 없고, 그 누구도 두렵지 않지. 언니네는 온갖 유혹 속에서 살잖아. 오늘은 별 탈이 없어도, 내일은 나쁜 일이 모습을 드러낼 수도 있어. 형부가 카드 게임이나 술이나 불여우한테 꾐을 당할 수도 있지. 그러면 모든 게 잿더미가 되어버리는 거잖아. 안 그래?"

동생의 남편 파홈은 페치카 근처에서 여자들이 수다 떠는 것을 들으면서 생각했다.

'그래, 맞는 말이야. 우리야 어린 시절부터 땅을 파먹고 살았으니, 바보 같은 생각을 할 새가 없었지. 땅은 거짓말을 하지 않거든. 한 가지 안타까운 건 땅이 부족하다는 거야! 땅만

많으면 나는 두려울 게 없는데. 악마도 무섭지 않을 거야!'

여자들은 차를 마시고 나서도 옷에 대해 수다를 떨다가 그릇을 치우고, 잠자리에 들었다.

그런데 페치카 뒤에 악마가 웅크리고 앉아서 모든 대화를 듣고 있었다. 악마는 농부가 아내의 칭찬을 듣고 기쁜 나머지 땅이 풍족했더라면 악마도 두려워하지 않을 것이라고 허세를 부리는 것을 보고는 매우 기뻐했다.

'좋아, 어디 한번 겨뤄보자. 땅을 많이 주지. 그 땅으로 널 사로잡겠어!'

2

농부 내외의 집 근처에는 땅을 조금 가진 여자 지주가 살고 있었다. 그녀는 땅이 120데샤티나* 있었다. 그리고 농부들에게 잘 대해주며 이들과 잘 지냈다.

그러던 어느 날 퇴역 군인이 마름으로 고용되었는데, 트집을 잡아 농부들에게 벌금을 물리기 시작했다. 파홈이 아무리 신경을 써도 말이 귀리 밭으로 들어가거나, 젖소가 정

---

* 과거 제정 러시아에서 사용한 땅의 도량 단위이다. 1데샤티나는 10,920제곱미터, 1,092헥타르이다.

원으로 들어가거나, 혹은 송아지가 목초지로 들어가버리는 일이 생겨서 그럴 때마다 항상 벌금을 내야 했다.

벌금을 물어줄 때마다 파홈은 가족들에게 행패를 부리며 식구들을 때렸다. 그렇게 파홈은 이 마름 때문에 여름 내내 죄를 많이 지었다. 그래서 가축을 우리 속에 가두는 계절이 되자 차라리 마음이 홀가분했다. 먹이가 아깝긴 해도 걱정 거리가 없어졌기 때문이었다.

그런데 겨울이 되자 지주가 땅을 팔려 한다느니, 큰길가 에 있는 여인숙 주인이 땅을 산다느니 하는 소문이 돌았다. 농부들은 소문을 듣고는 숨이 턱 하고 막혔다.

'여인숙 주인이 땅을 사면 지금의 지주보다 더 지독하게 벌금을 받아낼 텐데. 우리는 이 땅 없이는 먹고살 수가 없는 데 말이지.'

농부들이 무리를 지어 지주를 찾아가서는 여인숙 주인에 게는 땅을 팔지 말라고 애원했다. 그리고 땅값을 더 비싸게 치를 테니 자기들에게 땅을 팔라고 했다. 그러자 지주가 이 에 동의했다. 농부들은 조합을 만들어서 땅을 모조리 사기 로 하고 두 번 정도 모임을 가졌지만 도무지 합의를 볼 수가 없었다. 악마가 훼방을 놓는 바람에 일이 뜻대로 풀리지 않 았기 때문이다. 그래서 농부들은 각자 형편대로 땅을 함께 사기로 결정했다. 지주도 이에 동의했다. 파홈은 이웃이 지 주에게서 20데샤티나를 샀는데, 그녀가 이웃에게 땅값 절반을 일 년 유예해주었다고 들었다. 파홈은 샘이 났다. 그는 '사람들이 땅을 모조리 사버리면, 나는 빈손으로 남게 될 텐데'라고 생각했다. 그는 아내와 상의했다.

"사람들이 땅을 사니 우리도 10데샤티나쯤은 사야 하지 않겠나. 마름이 시도 때도 없이 벌금을 매겨대니 살 수가 있어야 말이지."

부부는 어떻게 땅을 살지 궁리했다. 이들은 저금해놓은 돈이 100루블 있었다. 망아지 한 마리와 벌통을 절반 팔고, 아들을 남의 집 일꾼으로 보내면서 선금을 받았다. 그러고도 모자라 처남에게 돈을 빌려서 땅값의 절반을 모았다.

파홈은 돈을 모은 후 조그마한 숲이 딸린 땅 15데샤티나를 골라 땅값을 흥정하고 계약금을 치렀다. 그리고 부부는 시내에 나가 매매 계약서를 작성하고, 땅값의 절반을 치른 후 나머지는 2년 안에 주기로 했다.

그렇게 파홈은 땅주인이 되었다. 파홈은 꾸어온 씨앗을 사들인 땅에 뿌렸다. 농사는 잘되었다. 일 년 만에 지주에게 남은 땅값 절반을 지불하고, 처남에게 빌린 돈도 갚았다. 마침내 파홈은 진짜 지주가 되었다. 자기 땅을 경작해 씨앗을 심고, 자기 목초지에서 꼴을 베고, 자기 땅에서 땔감을 패고, 자기 땅에서 가축을 길렀다. 파홈은 자기 소유가 된 밭을 갈러 나가거나, 작물이나 목초지를 둘러보러 갈 때마다 가슴속이 기쁨으로 벅차올랐다. 왠지 풀도 쑥쑥 자라는 것 같았고, 꽃도 새로워 보였다. 전에도 곧잘 지나다니던 땅이었는데, 파홈의 땅이 된 지금은 정말 특별한 땅이 된 것만 같았다.

3

파홈은 더 바랄 게 없을 만큼 만족하며 살았다. 다른 농부들이 파홈네 작물이나 목초지를 망치지만 않았다면 다 괜찮았을 것이다. 그는 최대한 공손히 호소했지만, 달라진 건 없었다. 급기야 사람들은 파홈의 목초지에 젖소를 풀어버리거나, 야간 방목을 나온 말들이 곡식을 먹으러 그의 밭으로 들어와 망쳐버렸다. 그럴 때마다 파홈은 가축들을 내쫓기만 했지, 이들을 고소하지 않고 용서해주었다. 그러다 그는 더 이상 참을 수 없는 지경이 되자 면 재판소에 농부들을 고소했다. 농부들이 비좁게 살아서 그런 거지 나쁜 마음을 가지고 하는 게 아니라는 것을 알면서도 '더 이상 봐줘서는 안 돼. 그렇지 않으면 밭과 목초지가 모조리 못 쓰게 될 거야. 본때를 보여줘야지'라고 생각했다.

그는 한 번, 두 번 재판을 걸었고, 두 사람에게 벌금을 내게 했다. 그러자 이웃 농부들이 파홈을 원망하기 시작하면서 그다음부터는 일부러 그의 밭과 목초지를 망치기 시작했다. 어떤 사람은 밤에 몰래 숲으로 들어가 보리수나무 껍질을 모조리 벗겨놓기도 했다. 파홈이 지나면서 보니 숲에 무언가 허연 게 보였다. 다가가서 보니 보리수 껍질이 이리 저리 뿌려져 있었고, 그루터기가 곳곳에 삐죽삐죽 나와 있었다. 숲 가장자리에서 나무를 베든지, 아니면 한 그루라도 남겨놓든지 하면 좋았을 텐데, 나무를 모조리 베어간 것이었다. 파홈은 화가 났다.

'대체 어떤 놈이야? 누가 했는지 밝혀내기만 하면 혼쭐을 내주겠어!'

파홈은 누구의 짓인지 생각하고, 또 생각했다.

'이건 숌카 말고는 할 사람이 없어.'

그는 숌카네 집으로 가서 집을 뒤졌지만, 아무것도 찾지 못한 채 그와 싸우기만 했다. 그러나 파홈은 숌카의 소행이라고 더욱 확신했고, 숌카를 고소했다. 두 사람은 법정에 불려 나갔다. 여러 차례 재판이 있었는데, 결국 숌카는 무죄를 선고받았다. 증거가 없었기 때문이었다. 파홈은 더욱 화가 나서 이장과도, 재판관들과도 다퉜다.

"당신들은 도둑놈들을 도와주는 거요! 스스로 깨끗하게 살았더라면, 도둑들에게 무죄를 선고하지 않았겠지."

파홈은 이웃들과 재판관과도 싸웠다. 이웃 사람들은 그의 집에 불을 지르겠다고 엄포를 놓기 시작했다. 파홈은 더 넓은 땅을 가지게 되었지만, 비좁은 세상에서 살게 되었다.

그러던 참에 마을 농부들이 새로운 곳으로 옮겨 간다는

소문이 돌았다. 그러자 파홈은 생각했다.

'내 땅을 버리고 갈 이유가 없지. 마을 사람들 중 누군가 떠난다면 우리는 더 널찍하게 살 수 있어. 떠난 이들의 땅을 사서 내 것으로 만들어야지. 그러면 삶이 더 나아질 거야. 지금은 너무 비좁아.'

하루는 파홈이 집에 앉아 있었는데, 길 가던 나그네가 들렀다. 식구들은 나그네가 하룻밤 묵고 갈 수 있도록 집으로 들여 식사를 대접했다. 나그네에게 어디에서 무얼 하는지 묻자, 그는 볼가 강 너머에서 일을 하고 아래 지방으로 가는 길이라고 했다. 그는 수많은 사람들이 볼가 강 너머로 이주하고 있다고 띄엄띄엄 말했다. 마을 조합에 가입한 이주민들은 한 사람당 땅을 10데샤티나씩 나누어 준다는 말도 했다.

"어떤 땅이냐 하면, 호밀을 심으면 말이 안 보일 정도로 줄기가 높이 나고, 다섯 줌이면 짚단 하나가 되어버릴 정도예요. 한 농부는 정말 가난했는데, 몸뚱이만 가지고 와서는 이제 말 여섯 필과 젖소 두 마리나 가지게 되었죠."

파홈은 가슴이 두근거렸다.

'그렇게 살기 좋은 곳이 있다면 여기서 이렇게 빽빽하게 모여 가난하게 살 이유가 없지. 여기 땅과 집을 팔아서 그 돈으로 거기서 집을 짓고 땅을 일구고 살아야겠다. 이렇게 비좁게 살다가는 죄만 짓고 살 테니, 가서 직접 두 눈으로 확인하고 와야겠다.'

파홈은 여름 동안 그곳에 다녀오려고 출발했다. 사마라 까지는 볼가 강을 따라 배를 타고 갔고, 이후에 400베르스 타 정도는 걸어서 나그네가 말한 곳에 도착했다.

모든 것이 들은 그대로였다. 사람들은 널찍하게 살고 있었고, 한 사람당 땅을 10데샤티나씩 받았고, 마을 사람들은 누구든지 친절하게 조합 일원으로 받아주었다. 돈이 있는 사람은 배당받은 땅 말고도 원하는 만큼 얼마든지 3루블에 땅을 살 수 있었다.

파홈은 이 모든 사실을 알게 되자 가을 무렵 집으로 돌아와서 모든 재산을 처분했다. 땅은 꽤 비싸게 팔렸다. 그는 집도 팔고, 가축도 모조리 팔고 조합에서 탈퇴한 후 봄이 올 때까지 기다렸다가 가족을 데리고 새로운 곳으로 떠났다.

4

가족과 함께 새로운 마을에 도착한 파홈은 조합에 등록했다. 마을 노인들에게 술을 대접하고, 모든 서류를 갖추었다. 그렇게 해서 마을의 일원으로 받아들여져 다섯 식구 몫에 해당하는 50데샤티나의 땅과 목초지를 받았다. 파홈은 집을 짓고 가축을 키우기 시작했다. 그가 얻은 땅은 예전에 가진 땅보다 세 곱절은 더 많았다. 그리고 땅은 비옥했다. 삶이 예전보다 열 배는 윤택해졌다. 경작지와 목초는 충분했기 때문에 가축을 얼마든지 기를 수 있었다.

처음 새로운 마을에 와서 집을 짓고 가축을 늘리는 동안에는 이곳 생활에 만족했지만, 이내 이 땅도 비좁다는 생각이 들었다. 이사 첫 해에 파홈은 밀을 심었고, 풍작이었다. 그는 밀을 더 심고 싶었는데, 땅이 모자랐다. 원래 있던 땅은 밀농사에 적합하지 않았다. 이곳에서는 잡초가 많은 땅이나 휴경지에 밀을 심었다. 한두 해 농사를 지으면 풀이 무성하게 자랄 때까지 땅을 묵혀두어야 했다. 게다가 그런 땅을 원하는 사람이 많아서 모두에게 땅이 넉넉하지 않았다. 그 때문에 땅을 놓고 싸움이 벌어지곤 했다. 부유한 사람들은 그런 땅을 사고 싶어했고, 가난한 사람들은 땅세를 받고 상인에게 빌려주었다.

파홈은 밀농사를 더 크게 짓고 싶었다. 그는 이듬해 상인에게서 땅을 일 년 빌렸다. 씨를 더 많이 뿌렸는데, 마을에서 15베르스타 정도 떨어진 곳이라 말을 끌고 가서 수확물을 날라야만 했다. 그 땅이 있는 마을 근교에는 장사를 겸하는 농부들이 농장을 짓고 살았는데, 차츰 부유해져 가는 게 눈에 보였다. 파홈은 '땅을 조금 사서 농장을 만들면 좋겠군. 전부 가까이 두고 살면 좋을 텐데 말이야'라고 생각했다. 그렇게 파홈은 어떻게 땅을 살 수 있을지 고민하기 시작했다.

그렇게 3년이 흘렀다. 파홈은 땅을 더 빌려서 밀을 심었다. 매번 풍년이었고, 수확도 잘됐으며, 돈도 많이 벌었다. 그렇지만 파홈은 그렇게 매년 다른 사람에게 땅을 빌리기가 귀찮아졌고, 땅 때문에 안달복달하며 사는 게 지겨워졌다. 비옥한 땅이 있으면 농부들이 득달같이 달려들어서 서로 차지하려고 하기 때문에 한 발 늦으면 밀을 심을 땅도 얻지 못했다. 이사 온 지 3년이 되던 해 그는 한 상인과 절반씩 돈을 내어 농부들에게 목장을 빌려 밭을 전부 다 갈아놓았는데, 서로 다툼이 생겨 재판에 넘겨지는 바람에 노력이 수포로 돌아갔다.

'내 땅이었으면 누구에게도 굽실거릴 필요도 없고, 죄를 짓지도 않았을 텐데.'

파홈은 어디서 땅을 살 수 있는지 알아보기 시작했다. 그러다 한 농부를 알게 되었다. 이 농부는 형편이 어려워져 땅 500데샤티나를 헐값에 팔고 있었다. 파홈은 그와 흥정을 하기 시작했다. 남자는 생각하고, 또 생각하더니 1,500루블에 땅을 팔기로 합의했고, 땅값 중 절반은 나중에 받기로 했다.

이렇게 약속이 되었는데, 하루는 지나가는 상인이 밥을 얻어먹으려고 파홈네 집에 들렀다. 이들은 차를 마시고, 이야기를 나누었다. 상인은 머나먼 바시키르에서 오는 길이라고 했다. 그는 그곳에서 바시키르 사람에게 땅을 1,500데샤티나 샀는데, 땅값으로 고작 1천 루블을 치렀다고 말했다. 파홈이 더 캐묻자 상인이 대답했다.

"그저 노인들의 기분만 잘 맞춰주면 되오. 100루블어치 옷과 양탄자를 선물하고, 차도 한 상자 주고, 술을 마시는 사람에겐 싸구려 포도주를 주면 된다오. 그렇게 1데샤티나당 고작 20코페이카에 얻었다오. 강이 흐르는 땅에, 초원에는 풀이 가득하다오."

파홈은 더 꼬치꼬치 캐물었다.

"바시키르 사람들은 일 년을 가도 다 못 볼 만큼 땅을 가지고 있소. 사람들은 양처럼 순해서, 땅을 거저 가져가는 거나 다름없이 살 수 있다오."

그 말을 듣고 파홈은 생각했다.

'나는 1천 루블 가지고 땅을 500데샤티나밖에 못 사고, 게다가 땅값 절반은 빚을 졌는데. 거기선 1천 루블이면 어마어마한 땅을 손에 넣을 수 있다니!'

5

파홈은 바시키르까지 어떻게 가는지 상인에게 꼬치꼬치 캐물은 다음, 그를 배웅하자마자 떠날 채비를 했다. 그는 아내를 집에 남겨두고는 하인 한 사람을 데리고 짐을 싸서 떠났다. 시내에 들러서 상인이 말한 대로 차 한 상자와 선물, 와인을 샀다. 그렇게 가고, 또 가고 500베르스타쯤 가니 이레째 되는 날 바시키르 유목민들이 사는 곳에 도착했다.

모든 게 상인이 말한 그대로였다. 사람들은 강이 흐르는 초원에서 천막을 치고 살고 있었다. 그들은 농사를 짓지도 않고, 빵을 먹지도 않았다. 가축과 말들이 초원에서 떼를 지어 다니고 있었다. 천막 뒤에는 망아지가 묶여 있었고, 사람들이 하루에 두 번 어미 말이 젖을 먹이도록 망아지 근처로 데리고 갔다. 바시키르 사람들은 말젖을 짜서 쿠미스*를 만들었다. 여자들은 쿠미스로 치즈를 만드는데, 남자들이 할 줄 아는 거라곤 쿠미스와 차를 마시고, 양고기를 먹으며 피리를 부는 것이었다. 모두가 풍요롭고 즐겁게 살고 있었으며, 여름 내내 축제 분위기를 내고 있었다. 사람들은 얼굴이 까무잡잡했고, 러시아어는 몰랐지만 친절했다.

이들은 파홈을 보자마자 천막에서 몰려나와 그를 에워쌌다. 통역사가 왔다. 파홈은 그에게 땅 때문에 왔다고 말했다. 바시키르 사람들은 기뻐하며 파홈을 데리고 가장 좋은 천막으로 데리고 들어가 양탄자에 앉히고 그의 엉덩이 밑에 깃털방석을 깔아주었다. 그의 주위에 빙 둘러앉더니 차와 쿠미스를 대접했다. 양을 잡아서 양고기 요리도 대접했다. 파홈은 마차에서 선물과 차를 꺼내 바시키르 사람들에게 나누어 주었다. 바시키르 사람들은 기뻐했다. 그들은 서

---

* 말젖으로 만든 발효유.

로 뭐라고 열심히 얘기하더니 통역사에게 말하라고 했다.

"우리는 손님이 마음에 퍽 들었습니다. 우리는 손님을 잘 대접하고, 받은 선물은 선물로 보답하는 풍습이 있습니다. 우리가 가진 것 중에 무엇을 선물로 받고 싶은지요?"

파홈이 말했다.

"저는 무엇보다도 땅을 가지고 싶습니다. 제가 사는 곳엔 땅이 좁고 비옥하지 않은데, 이곳은 기름진 땅이 많네요. 이렇게나 좋은 땅을 본 적이 없습니다."

통역사가 말을 전했다. 바시키르 사람들은 의논하고, 또 의논했다. 파홈은 이들이 하는 말을 이해하지는 못했지만, 떠들썩하게 이야기하며 웃는 걸로 봐서 굉장히 즐거워한다는 건 알 수 있었다. 그러다가 갑자기 조용해지더니 그들은 파홈을 쳐다보았고, 통역사가 말했다.

"손님께서 보여주신 친절에 대한 보답으로 원하시는 만큼 땅을 드리겠답니다. 손으로 가리키는 곳은 다 손님 땅이 될 겁니다."

이들은 또 무슨 얘기를 하는가 싶더니 갑자기 말다툼을 하기 시작했다. 파홈은 무엇 때문에 싸우느냐고 물었다. 그러자 통역사가 말했다.

"어떤 사람들은 땅 문제는 촌장에게 물어봐야 하고, 촌장 없이는 땅을 주면 안 된다고 말합니다. 촌장 없이도 괜찮다고 말하는 이들도 있고요."

6

바시키르 사람들이 말다툼을 하는 동안 여우털 모자를 쓴 남자가 불쑥 들어왔다. 모두가 하던 말을 멈추고 일어났다. 통역사가 말했다.

"이분이 바로 촌장님입니다."

파홈은 가장 좋은 옷과 차 5푼트를 들고 촌장에게 다가갔다. 촌장이 선물을 받고 상석에 앉았다. 그러자 바시키르 사람들이 그에게 무언가 말하기 시작했다. 촌장은 이들이 하는 말을 듣고는, 말을 멈추라는 의미로 고개를 끄덕이더니 파홈에게 러시아어로 말하기 시작했다.

"괜찮습니다. 마음에 드는 땅을 가져가시지요. 땅은 많으니까요."

파홈은 생각했다.

'내가 원하는 만큼 가지라고 하는데 어떻게 가져야 하는 거지? 어떻게든 계약서로 남겨야겠어. 내 땅이라고 했다가, 나중에 빼앗아갈 수도 있으니 말이야.'

"이렇게 친절을 베풀어주시니 감사합니다. 여러분은 땅이 많으시지만, 저는 조금만 있으면 됩니다. 단 어떤 땅이 제 땅이 될지만 알면 됩니다. 측량을 해서 제 앞으로 돌리면 안 될까요? 죽고 사는 건 하늘의 뜻인데, 친절하신 여러분께서 땅을 주셔도 여러분이 죽고 나면 아이들이 땅을 빼앗아갈 수도 있으니까요."

촌장이 대답했다.

"그럴 수도 있겠네요. 계약서를 작성합시다."

파홈이 입을 열었다.

"한 상인이 여기 다녀갔다고 들었습니다. 여러분께서 그에게도 땅을 조금 선물해주고 권리증을 써주셨다고요. 제게도 그렇게 해주시지요."

촌장은 모두 이해했다.

"그렇게 하시지요. 이곳에도 서기가 있으니 시내로 가서 서류를 꾸밉시다."

"그런데 땅값은 얼마인가요?"

"우리는 땅값이 늘 같아요. 하루에 1천 루블이지요."

파홈은 어리둥절했다.

"하루라니, 그게 무슨 측량 단위인가요? 하루에 몇 데샤티나인가요?"

"우리는 그렇게는 셀 줄 모릅니다. 우리는 하루 단위로 땅을 팔아요. 하루 동안 표시한 땅이 손님 땅이고, 하루에 1천 루블이죠."

파홈은 깜짝 놀랐다.

"세상에! 하루 동안 걸어다니면, 어마어마한 땅이 될 텐데요."

촌장이 웃기 시작했다.

"전부 다 손님 땅이지요! 그렇지만 조건이 하나 있습니다. 해가 질 때까지 출발점으로 돌아오지 못하면, 1천 루블은 날아갑니다."

"그렇다면 제가 지나간 곳을 어떻게 표시하죠?"

"우리가 손님이 선택한 곳에 서 있을 겁니다. 우리는 서 있고, 손님이 괭이를 가져가서, 원하는 곳에 구덩이를 조그맣게 파서 풀을 묻어놓으면 됩니다. 구덩이에서 구덩이로 쟁기를 끌고 가며 표시하면 되니까요. 어떤 방향으로 가든 상관은 없습니다만, 해가 질 때까지는 꼭 출발점으로 돌아와야 합니다. 표시한 곳은 다 손님 땅이 될 겁니다."

파홈은 뛸 듯이 기뻤다. 그는 이른 아침에 출발하기로 결심했다. 사람들과 이야기를 나누면서 쿠미스를 더 마시고, 양고기를 먹고 차를 많이 마셨다. 이윽고 밤이 되었다. 바시키르 사람들이 파홈을 깃털로 된 침구 위에서 자라고 하고는 각자 집으로 돌아갔다. 내일 동이 틀 무렵 모여서 해가 뜨기 전 출발 지점으로 가기로 약속했다.

7

파홈은 자리에 누웠지만 땅에 대한 생각 때문에 잠이 오지 않았다.

'큰 땅덩이를 가져가야지. 하루에 50베르스타쯤은 갈 수 있어. 게다가 지금은 일 년 중 해가 가장 길 때니까. 50베르스타면 엄청나겠군. 그중에서 안 좋은 땅은 팔거나 농부들에게 소작을 주고, 마음에 드는 것만 가져와서 정착해야겠다. 황소 두 마리와 일꾼 두 명을 얻어서 절반은 농사를 짓고, 나머지 절반은 목축을 해야지.'

파홈은 뜬눈으로 밤을 지새웠다. 새벽녘이 되어서야 겨우 잠이 들었는데, 잠이 들자마자 꿈을 꾸었다. 꿈에서 그는 바로 이 천막 안에 누워서 밖에서 누군가 웃는 소리를 들었다. 그는 누가 웃는지 궁금했고, 일어나서 천막 밖으로 나갔다. 바로 바시키르 촌장이 천막 앞에서 배꼽을 움켜잡고 웃고 있었다. 그는 다가가서 물었다.

"뭐가 그렇게 재밌으신가요?"

그런데 다시 보니 그는 바시키르 촌장이 아니라, 얼마 전 파홈의 집에 들러 땅에 대해 말해준 상인이었다. 상인에게 "여기는 언제 온 거요?" 하고 묻자, 상인은 예전에 볼가 강 너머에서 왔다던 농부의 모습으로 변했다. 그런데 자세히 보니 이 사람은 그 농부가 아니라, 뿔과 발톱을 가진 악마였다. 악마 앞에는 맨발에 속옷 바람인 남자가 누워 있었다. 파홈은 가까이 가서 이 남자가 누구인지 자세히 들여다보았다. 그 사람은 죽어 있었는데, 바로 파홈 자신이었다. 파홈은 깜짝 놀라서 잠에서 깼다.

'대체 이게 무슨 꿈이람.'

주위를 두리번거리니 열린 문틈으로 날이 밝아오는 것이 보였다.

'이제 사람들을 깨워서 가야 할 때군.'

파홈은 몸을 일으켜서 마차에 있는 하인을 깨우고는 말에 마구를 씌우라고 명령하고, 자기는 바시키르 사람들을 깨우러 갔다.

"이제 초원으로 가서 땅을 잴 때입니다."

바시키르 사람들도 잠에서 깨서 갈 채비를 하던 중 촌장이 왔다. 이들은 또다시 쿠미스를 마시고, 파홈에게 차를 대접하려 했으나 그는 꾸물대지 않았다.

"자, 자, 더 늦기 전에 어서 갑시다."

8

바시키르 사람들이 갈 채비를 해서 누군가는 말을 타고, 누군가는 마차를 타고 갔다. 파홈과 하인은 괭이를 챙겨서 타고 온 마차를 타고 갔다. 초원에 도착하자 동이 트기 시작했다. 이들은 바시키르 말로 '시한'이라고 부르는 야트막한 언덕으로 올라갔다. 모두가 각자 마차와 말에서 내려서 모였다. 촌장이 파홈에게 다가와서 손으로 가리켰다.

"여기 눈에 보이는 땅이 전부 우리 것이오. 아무 곳이나 고르면 됩니다."

파홈은 눈이 이글이글 타올랐다. 땅에 풀이 빽빽했고, 손바닥처럼 골랐으며, 양귀비 씨처럼 까맸고, 골짜기가 있는 곳에는 풀이 가슴팍까지 자라 있었다.

촌장은 여우털 모자를 벗고는 땅 위에 올려났다.

"여기가 출발 지점입니다. 여기서 출발해서, 여기로 돌아오세요. 지나가는 땅은 전부 손님 것이 될 겁니다."

파홈은 돈을 꺼내서 모자에 얹어두고는, 외투를 벗고 조끼만 입었다. 그는 허리띠를 배 밑에 더 단단히 묶은 후에 자리에서 일어섰다. 빵을 담은 주머니를 가슴팍에 매고, 작은 물병도 허리춤에 매단 채 떠날 준비를 했다. 그는 어떤 방향으로 갈지 생각하고, 또 생각했다. 어디든 좋았다. 파홈은 '해가 떠오르는 쪽으로 가야지'라고 생각했다. 그는 동쪽을 향해 서서 몸을 풀면서 해가 떠오르기만을 기다렸다. '시간을 절대로 낭비하지 않을 거야. 조금이라도 선선할 때 다니기가 더 좋지.' 해가 반짝이며 떠오르자마자 파홈은 괭이를 어깨에 짊어지고 초원으로 떠났다.

파홈은 빠르지도, 느리지도 않게 걸었다. 그는 1베르스타쯤 가서 멈춰서 구덩이를 파고 표시하기 위해 풀을 묻었다. 그리고 계속해서 걸어갔다. 다리를 쭉쭉 뻗으며 힘차게 걸어갔다. 조금 더 가서 두 번째 구덩이를 팠다.

파홈은 뒤를 돌아봤다. 햇빛에 비춰 언덕과 그 위에 서 있는 사람들이 아주 잘 보였고, 타고 온 마차 바퀴는 빛나고 있었다. 파홈은 5베르스타쯤 지나왔다고 추측했다. 그는 더워서 조끼를 벗어 어깨에 두르고 계속해서 걸었다. 그는 또 5베르스타쯤 갔다. 날이 점점 더워졌다. 해를 보니 아침식사를 할 때였다.

'4분의 1이 지난 셈이군. 하루를 넷으로 나눈다면 말이야. 아직 시간이 많으니 방향을 돌리기에는 너무 일러. 장화를 좀 벗어야겠다.'

그는 자리에 앉아서 장화를 벗고 허리춤에 매단 채 계속해서 걸어갔다. 파홈은 발걸음이 가벼웠다.

'5베르스타 정도 더 가서 왼쪽으로 방향을 틀어야지. 땅이 너무 좋아서 버리고 지나가기 아깝네. 가면 갈수록 더욱 좋아지는군.'

그는 계속해서 앞으로 걸어갔다. 뒤를 돌아보니 언덕은 보였지만, 사람들은 개미처럼 작게 보였고, 무언가 빛나고 있었다.

'이쪽으로는 충분히 왔군. 방향을 틀어야겠어. 목도 마르고 지치기도 했으니 말이야.'

그는 잠시 멈춰서 구덩이를 더 크게 파서 풀을 묻어놓고, 물병을 열어 물을 벌컥벌컥 마시고 왼쪽으로 크게 돌았다. 그는 걷고 또 걸었다. 풀숲은 우거져만 가고, 점점 더워졌다.

파홈은 슬슬 지쳐갔다. 해를 보니 점심시간이었다.

'조금 쉬어야겠군.'

파홈은 멈춰서 잠시 앉았다. 그는 빵과 물을 조금 먹었지만, 눕지는 않았다. 누우면 잠이 들 것 같았다. 조금 쉰 후 다시 길을 나섰다. 처음에는 발걸음이 가벼웠다. 음식을 먹어서 기운이 났기 때문이었다. 그러나 더위는 점점 심해지고 졸음이 계속해서 쏟아졌다. 그는 한 시간을 참으면 평생을 먹고살 수 있다고 생각하며 꾹 참고 계속 걸었다.

같은 방향으로 한참을 걷다가 왼쪽으로 틀려고 하는데, 축축한 골짜기가 보여서 지나치기 아쉬웠다. '아마가 잘 자랄 텐데'라는 생각이 들었다. 결국 그 땅 너머까지 가서 괭이를 집어 들고는 구덩이를 파서 표시한 다음에야 두 번째로 방향을 바꾸었다. 언덕을 돌아보았더니 날이 더워서 아지랑이가 피었고, 사람들도 아지랑이처럼 흔들려 보였다. 언덕까지 거리가 15베르스타 정도 되는 것 같았다. '아차, 내가 너무 길게 잡았구나. 이번에는 짧게 잡아서 가야겠군.' 파홈은 세 번째 측면으로 접어들자 발걸음을 재촉했다. 해를 보니 이미 반나절이 지났고, 두 번째로 방향을 바꾼 후 고작 2베르스타를 지나왔을 뿐이었다. 출발점까지 가려면 아직 15베르스타는 족히 남은 듯했다.

'땅이 좀 비뚤어진다 해도 이제는 돌아가야겠어. 필요 없는 건 지나칠 거야. 지금까지만으로도 땅이 많으니까.'

파홈은 구덩이를 재빨리 파고는 언덕을 향해 곧장 방향을 돌렸다.

9

파홈은 언덕을 향해 직진했지만, 그는 이미 너무나도 지쳐 있었다. 온몸이 땀으로 흠뻑 젖었고, 맨발은 이리저리 상처가 나 있어서 제대로 움직이지 않았다. 그는 잠시 쉬고 싶었지만 해가 지기 전까지 돌아갈 수 없을까봐 그럴 수 없었다. 해는 기다려주지 않고 점점 더 내려오기만 했다.

'혹시 내가 실수한 건 아닐까? 땅을 너무 많이 차지한 게 아닐까? 늦으면 어쩌지?'

파홈은 언덕과 해를 번갈아 보았다. 출발 지점까지는 아직 먼 길이 남았는데, 해는 이미 모습을 거의 감추었다.

파홈은 계속해서 가는 것이 힘들었지만, 한 걸음 한 걸음 내딛었다. 아무리 가도 여전히 언덕은 멀어서 결국 달리기 시작했다. 겉옷과 장화, 물병, 모자까지 버리고 괭이만을 쥔 채, 괭이를 지팡이 삼아 달렸다.

'어떡하지. 내가 너무 욕심을 부려서 모든 일을 망쳐버렸구나. 해가 지기 전까지 도착하지 못할 것 같은데.'

이런 생각이 들자 파홈은 두려워서 숨이 멎는 것만 같았다. 파홈은 계속 달렸다. 셔츠와 바지가 땀에 젖어 몸에 들러붙었고, 목이 바짝바짝 말랐다. 가슴은 대장장이의 풀무처럼 부풀어 오르고, 심장은 망치질하듯 쿵쾅거렸는데, 다리가 말을 듣지 않아서 질질 끌고 갔다. 파홈은 '이러다가 지쳐 죽겠구나'라고 생각했다. 그는 죽음이 두려웠지만 멈출 수는 없었다.

'내가 이만큼이나 뛰었는데, 이제 와서야 멈춘다면 바보 소리를 들을 거야.'

파홈이 뛰고, 또 뛰어서 언덕 가까이 이르자 바시키르 사람들이 그를 향해 소리치기 시작했고, 그 소리를 들으니 그는 마음이 더욱 바빠졌다. 파홈은 젖 먹던 힘까지 짜내 뛰었는데, 해는 이미 산을 넘어가서 흐릿해지고 있었다. 크고, 빨간 해가 핏빛으로 변해가고 있었다. 아, 금방이라도 넘어갈 것 같았다. 출발 지점까지는 얼마 남지 않았다. 파홈은 사람들이 그를 향해 손을 흔들며 재촉하는 것을 보았다. 땅 위에 있는 여우털 모자와 그 위에 놓인 돈도 보였다. 그리고 촌장이 땅바닥에 앉아 두 손으로 배를 잡고 있는 것이 보였다. 그러자 파홈은 꿈이 떠올랐다.

'땅은 많이 얻었는데, 하나님께서 그 위에 살게 해주실까? 내가 다 망쳐버렸구나. 출발 지점에 도착하지 못할 거야!'

파홈이 해를 바라봤더니 해는 땅 끝에 도달해서 아래쪽 부분은 사라지고 지평선에 걸려 있었다. 파홈은 힘을 짜내 몸을 앞으로 끌고 갔고, 넘어지지 않기 위해 다리에 힘을 더했다. 그가 겨우 언덕 아래에 이르렀을 때 갑자기 날이 어두워졌다. 이미 해가 져버린 것이었다. 파홈은 탄식했다.

'내 노력이 허사가 되었구나.'

멈춰 서려던 파홈은 바시키르 사람들이 여전히 소리치는 것을 들었다. 바로 그때 언덕 아래에서는 해가 진 것처럼 보이지만, 언덕에서는 아직 해가 지지 않은 것처럼 보인다는 사실이 떠올랐다. 그는 크게 심호흡을 하고 언덕으로 뛰어올라갔다. 언덕 위는 아직 밝았다. 파홈은 뛰어 올라가며 모자를 보았다. 모자 앞에는 촌장이 앉아서 배를 움켜잡고 웃고 있었다. 파홈은 또 한번 꿈을 떠올리며 탄식했다. 비틀비틀 걸으면서 손을 모자로 뻗은 채 그대로 앞으로 넘어졌다.

촌장이 소리쳤다.

"고생했소! 땅을 많이 얻었군!"

파홈의 하인이 다가와서 그를 일으키려 했는데, 그는 피를 토하며 죽어 있었다.

바시키르 사람들은 혀를 끌끌 차며 안타까워했다.

하인은 괭이를 집어 들고는 파홈을 묻기 위해 땅을 파기 시작했다. 머리부터 발끝까지 정확히 3아르신*을 파서 그를 묻었다.

---

* 옛 러시아의 단위. 1아르신은 71.12센티미터이다.

신은 진실을 알지만
때를 기다린다

블라디미르 시에 악쇼노프라는 젊은 상인이 살고 있었다. 그는 작은 가게 두 개와 집 한 채를 가지고 있었다.

악쇼노프는 옅은 갈색의 곱슬머리를 가진 미남이었다. 매우 유쾌한 사람이었으며 노래도 잘했다. 그는 젊은 시절부터 술을 많이 마셨는데, 술을 많이 마실 때면 소란을 피우기도 했다. 하지만 장가를 간 이후로는 술을 끊었고, 싸우는 경우도 드물었다.

어느 해 여름 악쇼노프는 니즈니 시장에 가려고 했다. 그가 가족들과 작별 인사를 하자 아내가 말했다.

"여보, 오늘은 가지 말아요. 악몽을 꿨어요."

악쇼노프는 웃으며 말했다.

"당신은 내가 시장에 가서 술을 너무 마시지나 않을까 걱정하는 거요?"

아내가 말했다.

"뭐가 두려운 건지는 잘 모르겠지만, 꿈자리가 너무 뒤숭

숭했어요. 당신이 시내에서 돌아와 모자를 벗었는데, 머리가 온통 하얗게 세버린 걸 봤지 뭐예요.”

악쇼노프는 웃기 시작했다.

“그건 길몽이오. 물건을 다 팔아서 비싼 선물을 사오리다.”

그렇게 그는 가족과 작별 인사를 하고 길을 떠났다.

목적지까지 절반 정도 갔을 때 그는 아는 상인을 만나 함께 여인숙에 묵었다. 이들은 함께 차를 마시고 나란히 있는 방을 따로 얻어 잠자리에 들었다. 악쇼노프는 잠이 별로 없는 사람이었다. 그는 날이 선선할 때 출발하기 위해 한밤중에 일어나 마부를 깨워 마구를 씌우라고 지시했다. 그다음 밖으로 나와서 여인숙 주인에게 방값을 지불하고 떠났다.

40베르스타쯤 가서 그는 말에게 먹이를 먹이려고 또다시 한 여인숙에 들렀고, 여인숙 입구에 있는 방에서 잠깐 쉰 후 점심을 먹으러 마당으로 나와 차를 달라고 부탁했다. 그동안 그는 기타를 가져와서 연주하기 시작했는데, 갑자기 종이 달린 삼두마차가 여인숙으로 들이닥쳤다. 마차에서 병사 두 명을 거느린 관리가 내리더니 악쇼노프에게 다가와 누구인지, 어디에서 왔는지 물었다. 악쇼노프는 있는 그대로 사실을 전부 말하면서, 차 한 잔 같이 하지 않겠냐고 권했다. 그런데 관리는 여전히 심문하듯이 “지난밤에는 어디서 묵었지? 혼자였나, 상인과 함께 있었나? 아침에 상인을 보았나? 왜 아침 일찍 여인숙을 떠났지?”라고 물었다.

악쇼노프는 있었던 일을 전부 말했는데, 왜 그에게 이 모든 것을 물어보는지 의아해서 물었다.

"왜 저를 추궁하시나요? 저는 도둑도, 강도도 아닙니다. 일을 보러 가는 것뿐입니다. 그러니 물으실 것도 없습니다."

그러자 관리가 병사들을 부르더니 말했다.

"나는 경찰서장이다. 네 놈이 어젯밤을 같이 보낸 상인이 칼에 찔려 죽었기 때문에 묻는 것이다. 가진 물건을 좀 보아야겠다. 너희들은 이자를 수색해."

그들은 방에 들어가서 악쇼노프의 짐을 풀어헤쳐 마구 뒤지기 시작했다. 경찰서장이 갑자기 자루에서 작은 칼을 꺼내 소리쳤다.

"이건 누구의 칼이지?"

악쇼노프는 피가 묻은 칼이 그의 자루에서 나온 것을 보고 겁에 질렸다.

"왜 칼에 피가 묻어 있는 거지?"

악쇼노프는 대답을 하고 싶었지만 말이 입 밖으로 나오지 않았다.

"저…… 저는 모릅니다……. 저는…… 칼은…… 제 것이 아닙니다……."

그러자 경찰서장이 말했다.

"아침에 상인이 칼에 찔린 채 침대에서 발견되었다. 네 놈 말고는 이런 짓을 할 만한 사람이 없지. 여인숙은 안에서 문이 잠겨 있었는데, 여인숙에는 네 놈 말고는 아무도 없었으니까. 피가 묻은 칼도 네 자루에서 나왔고, 얼굴만 봐도 알겠군. 어떻게 그를 죽였는지, 얼마를 훔쳤는지 바른 대로 고하라!"

악쇼노프는 자신은 범인이 아니라고, 그리고 차를 마신 후 상인을 보지 못했고, 그리고 8천 루블은 원래 본인 돈이며, 칼도 그의 것이 아니라고 하나님을 걸고 맹세했다. 그러나 그는 말을 더듬거렸고, 얼굴은 창백해졌으며, 겁에 질려서 마치 죄인처럼 온몸을 벌벌 떨었다.

경찰서장은 병사들을 불러서 그를 묶어 수레에 태우라고 지시했다. 다리가 묶인 채 수레로 내동댕이쳐진 악쇼노프는 성호를 긋고 울음을 터뜨렸다. 그는 물건과 돈을 모조리 뺏기고 가까운 도시에 있는 감옥으로 호송되었다.

경찰서장은 블라디미르로 사람들을 보내 악쇼노프가 어떤 사람이었는지 탐문했고, 블라디미르에 있는 모든 상인들과 주민들은 악쇼노프가 소싯적엔 음주가무를 좋아했지만, 착한 사람이었다고 증언했다.

그후에 그는 재판을 받게 되었다. 그는 랴잔에서 온 상인을 죽이고 2만 루블을 훔쳤다는 죄목이었다.

그의 아내는 남편이 겪은 일을 애통해하면서도 어떻게 해야 할지 몰랐다. 아이들은 아직 모두 어렸고, 그중 한 아이는 젖먹이였다. 그녀는 아이들을 전부 데리고 남편이 수

감된 감옥이 있는 도시를 찾아갔다. 처음에는 그녀를 들여보내주지 않았지만, 간수장에게 애원하자 남편이 있는 곳으로 데려다주었다. 죄수복을 입고 쇠고랑을 찬 채 죄수들과 함께 있는 남편을 보자 그녀는 쓰러져서 오랫동안 정신을 차리지 못했다. 정신이 들자 그녀는 아이들을 곁에 세워두고 남편 가까이에 앉아 집안일에 대해 이야기해주고, 남편에게 무슨 일이 있었는지 물었다. 그는 아내에게 자초지종을 이야기했다. 그러자 아내가 물었다.

"그럼 이젠 어쩌죠?"

그가 말했다.

"왕에게 탄원을 해야겠소. 죄도 없는데 죽을 순 없지!"

아내는 이미 왕에게 탄원서를 보냈지만, 탄원서가 왕에게까지 도달하지 못했다고 말했다. 악쇼노프는 아무 말도 않고 눈길을 떨구었다. 그러자 아내가 말했다.

"여보, 기억하나요? 당신이 백발이 되는 꿈을 꾼 게 보통 일이 아니었나 봐요. 정말로 당신이 고통 때문에 머리가 희끗희끗해졌으니 말이에요. 그때 떠나는 게 아니었는데."

그러고는 남편의 헝클어진 머리칼을 쓰다듬으며 말했다.

"여보, 당신을 사랑하는 아내에게 진실을 말해주세요. 정말 당신이 그런 게 아닌가요?"

악쇼노프는 말했다.

"당신마저 그런 생각을 하다니!"

그는 두 손으로 얼굴을 감싸고는 울기 시작했다. 곧 병사가 와서 아내와 아이들은 나가야 한다고 말했다. 그렇게 악쇼노프는 마지막으로 가족과 작별 인사를 했다.

아내가 떠나고 나서 악쇼노프는 그들이 나눈 대화를 곱씹기 시작했다. 아내도 그를 의심하고는 상인을 죽인 게 정말 그가 아닌지 물어본 것이 떠오르자 그는 혼잣말을 했다.

"하나님 외에는 그 누구도 진실을 알지 못하는구나. 이제는 오직 하나님께 기도를 드리며 자비를 베풀어주시길 기다려야겠다."

그때부터 악쇼노프는 탄원서를 제출하는 것도 그만두고, 희망도 버린 채 하나님께 기도만 했다.

악쇼노프는 태형과 징역형을 선고받았다. 형은 선고받은 대로 집행되었다.

태형을 받은 악쇼노프는 상처가 다 아물자 다른 죄수들과 함께 시베리아로 추방되었다.

그는 시베리아 유배지에서 26년을 살았다. 머리는 눈처럼 새하얘졌고, 회색 턱수염은 길고 좁게 자랐다. 악쇼노프는 모든 즐거움을 잃었다. 그는 조용조용 구부정하게 다녔고, 말수가 적었으며, 절대로 웃는 법이 없었지만 기도는 자주 했다.

악쇼노프는 감옥에서 장화를 만드는 기술을 배웠고, 그렇게 번 돈으로 성인(聖人)들의 이야기를 엮은 『성인전』을 사서 감옥에 볕이 들 때면 그 책을 읽곤 했다. 주일에는 감옥에 있는 교회에 나가 「사도행전」을 읽고 성가대에서 노래를 했는데, 목소리만큼은 여전히 좋았다. 간수들은 악쇼노프의 겸손함을 높이 샀고, 동료 죄수들은 그를 존중하며 '어르신'이나 '하나님의 사자'라고 불렀다. 감옥에서 간수들에게 부탁할 일이 생길 때면 동료 죄수들은 항상 악쇼노프를 보냈고, 유배수들 사이에 말다툼이 벌어질 때면 그들은 항상 악쇼노프에게 와서 판단을 해달라고 했다.

악쇼노프는 집에서 편지를 한 통도 받지 못했기 때문에 아내와 아이들의 생사를 알 길이 없었다.

하루는 감옥에 새로운 죄수들이 들어왔다. 밤이 되자 원래부터 있었던 죄수들은 신참들 근처에 모여서 어느 도시 출신인지, 무슨 일 때문에 들어왔는지 이런저런 질문을 하기 시작했다.

악쇼노프도 신참들 근처에 있는 판자 침대에 앉아 고개를 숙이고 누가 무슨 이야기를 하는지 듣고 있었다. 신참들 중에는 예순 살쯤 된 노인이 한 사람 있었는데, 그는 키가 크고 건장하며, 면도된 백발 턱수염을 가지고 있었다. 그는 어쩌다가 체포되었는지 말하기 시작했다.

"나는 아무런 죄도 없이 이곳에 왔어요. 말을 썰매에서 풀어놨다는 죄목으로 왔어요. 모두들 내가 도둑이라고 말하더군요. 내가 '저는 그저 빨리 가고 싶어서 말을 풀어줬을 뿐이오. 게다가 마부는 제 친구라고요. 이제 됐소?'라고 하니 모두가 아니라고, 제가 훔쳤다고 하더군요. 어디서 뭘 훔쳤는지도 모르면서 말이에요. 사실 이곳으로 올 만한 일이 오래전에 있었는데, 그때는 증거가 없었죠. 그런데 이제는 내가 거짓말을 한다며 법에 맞지도 않게 이곳으로 절 쫓아내더군요. 이곳 시베리아는 와보긴 했지만, 아주 잠깐 신세를 졌을 뿐이었죠."

"자네는 어디 출신인가?"

죄수 중 한 명이 물었다.

"나는 블라디미르 출신이오. 거기서 장사를 했는데, 이름은 마카르요. 사람들은 세묘노비치라고 불러요."

악쇼노프가 고개를 들어 물었다.

"혹시 블라디미르에서 악쇼노프라는 상인의 가족에 대한 이야기를 듣지는 못했소? 다들 살아 있는지 어떤지 말이오."

"어떻게 못 들을 수가 있겠습니까! 부유한 상인 가정이었는데, 아버지가 죄도 없이 시베리아로 추방당했다고 하더군요. 아마 그도 우리처럼 죄를 저지른 사람임에 틀림없어요. 그런데 어르신은 어쩌다가 여기 오게 되셨나요?"

악쇼노프는 자기가 겪은 불행에 대해서 이야기하는 것을 좋아하지 않았기에 한숨을 내쉬고 말했다.

"내 업보 때문에 26년째 유배 생활을 하고 있소."

마카르 세묘노비치가 물었다.

"대체 무슨 죄를 지었소?"

"그럴 만도 했지."

악쇼노프는 그렇게 말하고는 입을 다물었지만, 다른 죄수들이 악쇼노프가 왜 시베리아에 오게 되었는지 말해주었다. 그들은 누군가가 상인을 죽이고는 악쇼노프의 짐에 그 칼을 찔러 넣었다는 것과, 어떻게 무고한 사람을 재판했는지 이야기했다.

마카르 세묘노비치는 이 이야기를 듣고 악쇼노프를 들여다보더니 두 손으로 무릎을 탁 하고 치며 말했다.

"세상에 이런 일이! 정말 기가 막히는군! 어르신, 그동안 연세가 많이 드셨군요!"

사람들이 마카르 세묘노비치에게 왜 놀랐는지, 어디서 악쇼노프를 보았는지 물었지만 그는 대답은 피한 채 말했다.

"정말 놀라운 일일세! 이런 곳에서 다시 만나다니!"

악쇼노프는 그 말을 듣고 나자 이자가 누가 상인을 살해했는지 알지도 모른다는 생각이 들었다. 그래서 그는 물었다.

"세묘노비치, 자네는 이 일에 대해 들은 적이 있거나 전에 나를 본 적이 있는가?"

"어떻게 못 들을 수가 있겠습니까! 소문이 온통 파다했는데요. 하지만 오래전 일이었습죠. 들은 게 있어도 잊어버렸습니다."

악쇼노프가 물었다.

"누가 상인을 죽였는지 들은 게 아닌가?"

마카르 세묘노비치가 웃기 시작하더니 말했다.

"칼이 나온 자루 임자가 죽인 게 아니겠습니까? 누군가가 영감님 자루에 칼을 넣었다 해도 잡히지 않았다면, 그 사람은 범인이 아닌 거겠지요. 게다가 어떻게 영감님 자루에 칼을 넣었을까요? 자루는 영감님 머리맡에 놓여 있었잖소? 그렇다면 영감님이 무슨 소리를 들었겠지요."

악쇼노프는 이 말을 듣자마자 바로 이자가 상인을 죽인 놈이라고 생각했다. 그는 일어나서 자리를 떠났다. 악쇼노프는 밤새 잠을 이룰 수가 없었다. 답답함이 그를 덮쳤고, 여러 모습이 떠올랐다. 시장에 가던 그를 마지막으로 배웅해주던 아내 모습이 떠올랐다. 마치 눈앞에 살아 있는 듯 아내의 얼굴과 눈이 보였으며, 그녀가 그에게 말하고 웃는 소리가 들렸다. 그다음에 그는 마지막으로 본 어린 자식들이 떠올랐다. 한 아이는 털옷을 입고 있었고, 다른 아이는 젖먹이였다. 그리고 그는 예전에 유쾌하고 젊은 자신의 모습을 떠올렸다. 그가 체포당했던 여인숙 문간에 앉아 기타를 연주했던 모습도 떠올랐다. 당시에 얼마나 흥이 넘쳤는지. 그러고는 채찍질을 당했던 앞마당과 형리를 떠올렸고, 주변 사람들과 쇠고랑, 죄수들과 이곳에서 보낸 26년 세월, 그리고 이제는 자신이 늙어버렸다는 사실까지 떠올렸다. 그러자 너무나 울적해져서 악쇼노프는 콱 죽어버리고 싶었다.

'이 모든 것이 그 악마 같은 놈 때문이군!'이라고 악쇼노프는 생각했다.

그는 마카르 세묘노비치를 향한 증오심에 불타서 신세를 망치더라도 그에게 복수를 하고 싶었다. 악쇼노프는 밤새도록 기도를 올렸지만 마음을 가라앉힐 수가 없었다. 낮에는 마카르 세묘노비치에게 다가가지도, 그를 바라보지도 않았다.

그렇게 2주가 흘렀다. 악쇼노프는 밤마다 잠을 잘 수가 없었고, 어떻게 해야 할지 모른다는 답답함이 그를 짓눌렀다.

어느 날 밤, 감방 안을 걷다가 판자 침대 밑에서 흙이 후드득 떨어지는 것을 보았다. 멈춰 서서 보니 갑자기 마카르 세묘노비치가 침대 밑에서 튀어나와 겁에 질린 얼굴로 악쇼노프를 바라보았다. 악쇼노프는 못 본 체하며 지나가고 싶었지만, 마카르가 그의 손을 붙잡으며 말했다. 벽 아래로 굴을 파고 있는데, 노역에 나갈 때마다 흙더미를 신발에 숨기고 나가 내다버린다는 것이었다. 그는 말했다.

"어르신, 입만 다물어주면 여기서 빼내드리죠. 그렇지만 혹시라도 일러바치면 저는 태형을 받을 것이고, 어르신을 가만 두지 않겠어요. 죽여버릴 거요."

악쇼노프는 그에게 못된 짓을 한 원수를 보자 증오심에 몸이 부들부들 떨렸고, 손을 뿌리치며 말했다.

"내가 탈출할 이유도, 나를 죽일 이유도 없네. 자네는 이미 오래전에 나를 죽였어. 자네에 대해 말할지 말지는 하나님께서 시키시는 대로 하겠네."

죄수들이 노역을 나간 날 간수들은 마카르 세묘노비치가 버린 흙을 발견하고는 감옥을 수색해서 구멍을 찾아냈다. 간수장이 감옥에 와서 누가 구멍을 팠냐고 물으며 모두를 취조하기 시작했다. 모두가 부인했다. 사실을 아는 이들도 마카르 세묘노비치를 넘기지 않았는데, 이 일이 발각되면 그가 반죽음이 될 때까지 매질을 당할 것이라는 사실을 알고 있었기 때문이었다. 그러자 간수장이 악쇼노프에게 물었다. 그는 악쇼노프가 정직한 사람이라는 사실을 알고 있었기 때문에 그에게 말했다.

"어르신, 어르신은 솔직하죠. 하나님 앞이라고 생각하고 내게 말해주시오. 누구의 소행이오?"

마카르 세묘노비치는 아무것도 모른다는 듯이 서서 간수장을 바라보았고, 악쇼노프는 쳐다보지도 않았다. 악쇼노프는 손과 입술이 부들부들 떨렸다. 그래서 한동안 말을 입 밖으로 꺼낼 수 없었다. 그는 생각했다.

'이 일을 덮어주면 나를 망친 놈을 용서해주는 꼴이 되어버리는데. 내가 겪은 불행에 대한 죗값을 치르게 해주자. 그렇지만 사실대로 말하면, 이자는 매질을 당할 텐데. 아니, 내가 대체 왜 이자를 걱정하는 거지? 내 마음이 편해지기라도 할까봐?'

간수장이 다시 물었다.

"어르신, 진실을 말하시오. 누가 굴을 팠소?"

악쇼노프는 마카르 세묘노비치를 흘끗 보고 말했다.

"나는 본 것도, 아는 것도 없소."

그렇게 누가 굴을 팠는지 끝내 밝혀지지 않았다.

다음 날 밤 악쇼노프는 판자 침대에 누워 깜빡 잠이 들었는데, 누군가가 다가와서 그의 발치에 앉는 소리가 들렸다. 어둠 속에서 보니 마카르였다.

악쇼노프는 말했다.

"내게 원하는 게 뭔가? 여기서 뭐하는 겐가?"

마카르 세묘노비치는 잠자코 있었다. 악쇼노프는 몸을 살짝 일으켜서 말했다.

"무슨 일인가? 꺼지게! 그렇지 않으면 간수를 부르겠네."

마카르 세묘노비치는 악쇼노프를 향해 몸을 숙이고 소곤소곤 말했다.

"악쇼노프, 저를 용서해주세요!"

악쇼노프가 대꾸했다.

"무얼 용서하란 말인가?"

"상인을 죽여서 칼을 자루에 넣은 게 접니다. 저는 어르신도 죽이려고 했는데, 밖에서 소리가 났어요. 그래서 칼을 어르신 자루에 넣고 창문으로 기어 나왔죠."

악쇼노프는 무슨 말을 해야 할지 몰라서 입을 다물고 있었다. 마카르 세묘노비치는 침대에서 내려가 땅에 이마를 대고 엎드리며 말했다.

"저를 용서해주세요. 하나님을 위해서라도 용서해주세요. 제가 상인을 죽였다고 밝히겠습니다. 그러면 어르신은 풀려나 집으로 가실 수 있을 겁니다."

악쇼노프가 말했다.

"말은 쉽지, 내가 어떤 고통을 견뎠는데! 이제 난 어디로 가야 한단 말인가? 아내는 죽었고, 아이들은 날 잊었을 텐데. 난 갈 곳이 없네."

마카르 세묘노비치는 바닥에 계속 무릎을 꿇고 앉아 머리를 바닥에 찧으며 말했다.

"악쇼노프, 용서해주세요! 태형을 받는 게 어르신을 바라보는 것보다 속이 더 편했을 거예요. 그런데 어르신은 저를 가엾게 여기셔서 아무 말도 않더군요. 그리스도의 이름으로 저를 용서해주세요! 이 저주받을 악마 같은 저를 용서해주세요!"

그가 흐느끼기 시작했다.

악쇼노프는 마카르 세묘노비치가 우는 것을 보자 그도 눈물이 나와서 말했다.

"하나님이 자네를 용서해주실 거네. 아마 나는 자네보다 백 배는 더 나쁜 사람일 수도 있겠지!"

그는 갑자기 마음이 가벼워졌다. 그는 더 이상 집이 그립

지 않았고, 감옥을 떠나고 싶은 생각도 들지 않았다. 그저
생의 마지막 순간만을 생각하게 되었다.

마카르 세묘노비치는 악쇼노프의 만류를 뿌리치고 결국
자백했다. 그런데 악쇼노프에게 출소 허가서가 나왔을 때,
그는 이미 죽은 뒤였다.

세 가지 질문

어느 날 왕은 이런 생각을 했다.

'모든 일을 시작할 때를 안다면, 어떤 이들과 일을 하고 어떤 이들을 멀리 할지 안다면, 또 어떤 일이 가장 중요한지 안다면 무슨 일을 해도 실패가 없을 텐데.'

왕은 그런 생각을 하고 나서 모든 일을 시작할 때는 언제인지, 어떤 사람이 가장 필요한 사람인지, 그리고 어떠한 일이 가장 중요한지 가르쳐주는 이에게 큰 상을 내리겠다고 온 나라에 알렸다. 그러자 학자들이 왕을 찾아와서 그의 질문에 다양한 대답을 내놓았다.

누군가는 첫 번째 질문에 모든 일을 제때 시작하기 위해서는 하루, 한 달, 일 년 치 일과표를 짜서 이를 엄격하게 지켜야 한다고 말했다. 그럴 때에만 모든 일이 제때 이루어질 것이라고 말했다. 또 다른 사람은 어떤 일을 언제 할지 미리 정하는 건 불가능하기 때문에 쓸데없는 놀이에 한눈 팔지 말고, 생기는 일에 주의를 기울여서 할 일을 하면 된다고 말했다. 세 번째로 온 사람은 아무리 그때그때 벌어지는 일에 주의를 게을리하지 않아도 혼자서는 언제 일을 해야 할지에 대해 매번 옳은 결정을 내릴 수 있는 것이 아니기 때문에, 현자들을 고문으로 두고 이들에게 조언을 구해 언제 무엇을 할지 조언에 따라 결정해야 한다고 했다. 네 번째 사람은 현자들에게 물어볼 새도 없이 일을 시작할 때인지 아닌지 당장 결정해야 하는 일들이 생길 수 있다고 했다. 이걸 알기 위해서는 어떤 일이 생길지 내다봐야 한다고 했다. 이걸 알 수 있는 사람은 점쟁이들밖에 없다는 것이었다. 따라서 언제 일을 시작할지 알기 위해서는 점쟁이들에게 물어봐야 한다고 했다.

두 번째 질문에 대한 답도 역시나 여러 가지였다. 혹자는 왕에게 가장 필요한 사람은 왕의 비서라 했고, 두 번째 사람은 왕에게 가장 중요한 사람은 사제라고 했으며, 세 번째 사람은 왕에게 가장 필요한 사람은 의사라고 했고, 네 번째 사람은 병사라고 했다.

어떤 일이 가장 중요하냐는 세 번째 질문에 대한 답도 역시나 다양했다. 누군가는 세상에서 가장 중요한 일은 학문이라고 했고, 두 번째 사람은 병법이라고 했으며, 세 번째 사람은 하나님을 섬기는 것이라고 했다.

답이 제각각이어서 왕은 그 어떤 답에도 동의하지 않고, 그 누구에게도 상을 내리지 않았다. 왕은 질문에 대한 답을 구하기 위해 현명하기로 소문이 자자한 은자에게 물어보기로 결심했다.

은자는 숲에 살면서 아무 데도 가지 않았고, 평민들만 맞이했다. 그래서 왕은 평복으로 갈아입고 호위병들과 함께 가다가, 은자의 집에 도착하기 전에 말에서 내려 혼자 걸어갔다. 왕이 다가가서 보니 그는 허름한 자기 집 앞에서 고랑을 파고 있었다. 은자는 왕을 보자 인사를 하고는 다시 고랑을 파기 시작했다. 몸이 비쩍 마른 은자는 삽을 땅에 박아 흙덩이를 조금씩 파내면서 힘겹게 숨을 내쉬었다.

왕이 은자에게 다가가서 말했다.

"현명한 은자여, 저는 세 가지 질문에 대한 답을 구하러 왔소이다. 나중에 후회하지 않으려면 언제 일을 시작해야 하는지, 어떻게 해야 그때를 놓치지 않을 수 있는지 알고 싶습니다. 또 어떤 사람이 가장 쓸모 있는 사람인지, 어떤 사람과 일을 하고, 어떤 사람과 일을 하지 말아야 하는지 알고 싶습니다. 마지막으로 어떤 일이 가장 중요하고, 어떤 일을 가장 먼저 해야 하는지 알고 싶습니다."

은자는 왕이 하는 말을 주의 깊게 들었지만 아무 대답도 하지 않았고, 손에 침을 뱉은 후 다시 땅을 파기 시작했다.

그 모습을 바라보던 왕이 말했다.

"힘들어 보이는군요. 삽을 이리 주시면 내가 대신 하리다."

"고맙소."

은자는 왕에게 삽을 건네주고 땅바닥에 주저앉았다.

왕은 두 고랑을 파고는 잠시 멈추더니 다시 똑같은 질문을 했지만 은자는 이번에도 아무런 답을 하지 않았고, 일어나서 손을 삽으로 뻗었다.

"이제 쉬시오, 제가 하죠."

그러나 왕은 삽을 돌려주지 않고 계속해서 고랑을 팠다. 한 시간, 두 시간이 흘러 해가 산 너머로 지기 시작하자 왕은 그제야 삽을 땅에 꽂고 말했다.

"은자여, 나는 내 질문에 대한 답을 구하러 왔소이다. 대답을 할 수 없다면, 그렇다고 말해주시오. 이제 집에 가야 하니 말이오."

이 말에 은자가 대답했다.

"누군가 여기로 뛰어오는구려. 누구인지 봅시다."

왕이 뒤를 돌아보니 정말 숲속에서 수염이 덥수룩하게 난 사내가 뛰어오고 있었다. 사내는 두 손으로 배를 감싸고 있었는데, 손 사이로 피가 흐르고 있었다. 사내는 왕 가까이 달려와서 쓰러졌는데, 눈이 반쯤 감겨서는 움직이지 않았다. 아주 가냘픈 신음소리만 낼 뿐이었다. 왕은 은자와 함께 사내의 옷을 벗겼다. 사내의 배에는 큰 상처가 있었다. 왕은 사내의 상처를 손수건으로 깨끗이 닦고는 은자의 수건으로 상처를 동여맸다. 그러나 출혈은 멈추지 않았고, 왕은 몇 번이나 피에 젖은 수건을 빨아서 다시 닦고, 상처를 수건으로 동여맸다. 피가 멈추자 상처를 입은 사내는 정신을 차리고 마실 것을 부탁했다. 왕은 깨끗한 물을 조금 가지고 와서 사내에게 먹여주었다.

그러던 중 해가 져서 날이 선선해졌다. 왕은 은자의 도움을 받아 사내를 은자의 집으로 옮겨 침대에 눕혔다. 사내는 침대에 누워서 눈을 감더니 잠이 들었다. 왕도 오래 걷고 일을 많이 해서 피곤했다. 그는 문간에서 잠깐 눈을 감았는데, 그만 깊이 잠들어서 짧은 여름밤 내내 한 번도 깨지 않고 자버렸다. 왕은 아침에 일어나서 여기가 어딘지, 그리고 침대에 누워 있는 이 턱수염이 난 사내는 누구이며, 왜 빛나는 눈으로 자신을 유심히 보는지 오랫동안 알 수 없었다.

"저를 용서해주십시오……."

사내는 왕이 잠에서 깨 그를 바라보는 걸 보고는 기어들어가는 목소리로 말했다.

그러자 왕이 말했다.

"나는 당신을 모르오. 그러니 용서를 구할 일도 없소."

"폐하께서는 저를 모르시겠지만, 저는 폐하를 압니다. 저는 폐하께 원한을 갖고 있습니다. 폐하께서 제 형제를 처형하고, 제 재산을 몰수했다는 이유로 복수를 다짐했습니다. 저는 폐하께서 혼자 은자를 찾아가신다는 것을 알고 돌아오는 길목에서 폐하를 죽이려고 했습니다. 그런데 하루 종일 기다려도 폐하가 보이질 않더군요. 그래서 저는 폐하께서 어디에 있는지 살펴보려고 숨어 있던 곳에서 나왔다가 폐하의 호위병과 마주쳤습니다. 그들은 저를 알아보고는 공격했고 상처를 입혔습니다. 저는 그자들로부터 도망쳤습니다. 폐하께서 제 상처를 치료해주지 않았다면 저는 피를 흘리며 죽었을 겁니다. 저는 폐하를 죽이려고 했지만, 폐하께선 저를 구해주셨지요. 목숨을 부지했으니, 폐하께서 윤허하신다면 가장 충실한 신하가 되어 평생 폐하를 모시겠습니다. 그리고 아들들에게도 그렇게 하라고 이르겠습니다. 저를 용서해주십시오."

왕은 자신에게 원한을 가진 사람과 이렇게 쉽게 화해하게 된 것에 매우 기뻐하며 그를 용서했을 뿐만 아니라, 그의 재산을 돌려주고, 더욱이 시종들과 의사를 보내주겠다고까지 약속했다. 사내와 작별 인사를 한 왕은 집 밖으로 나와 두리번거리며 은자를 찾았다. 왕은 그곳을 떠나기 전에 질문에 대한 답을 마지막으로 부탁하고 싶었다. 은자는 밭에서 무릎을 꿇은 채 어제 판 고랑에 씨를 뿌리고 있었다.

왕은 그에게 다가가서 말했다.

"은자여, 내 질문에 답해주시기를 마지막으로 청하오."

"이미 답을 얻지 않으셨습니까."

은자가 가느다란 종아리로 쭈그리고 앉아 그 앞에 서 있는 왕을 올려다보았다.

"어떤 답 말이오?"

"어떤 답이냐고요? 어제 제가 지친 걸 가엾게 여기지 않고, 그래서 제 대신 고랑을 파지 않고 혼자 돌아가셨다면 그 사내가 폐하를 공격했을 테고, 폐하는 저와 함께 이곳에 남지 않은 것을 후회하셨겠지요. 일을 해야 할 때는 바로 폐하께서 고랑을 팔 때였고, 가장 중요한 사람은 저였으며, 가장 중요한 일은 저에게 선행을 베풀어주신 일이었지요. 그다음 가장 적당한 때는 사내가 뛰어왔을 때 폐하께서 그를 보살펴주시고 상처를 치료해주셨을 때인데, 그렇지 않았다면 그는 폐하와 화해하지 못한 채 죽었을 수도 있었기 때문이지요. 즉, 가장 중요한 사람은 그 사내였고, 폐하께서 그에게 해주신 일이 바로 가장 중요한 일이었지요. 기억해두세요. 가장 중요한 때는 오로지 '지금'입니다. 그 이유는 그때에만 우리가 가진 힘을 온전히 발휘할 수 있기 때문입니다. 가장 필요한 이는 지금 함께하는 이인데, 왜냐하면 그 누구도 어느 누구와 관계를 맺게 될지 모르기 때문이지요. 가장 중요한 일은 그 사람에게 선을 행하는 것인데, 왜냐하면 바로 이것 때문에 인간이 세상에 보내졌기 때문입니다."

달�걀만 한 씨앗

어느 날 아이들이 산골짜기에서 가운데에 줄이 그어져 있는 씨앗 같은, 달걀만 한 물건을 발견했다. 마침 지나가던 사람이 그걸 보고는 아이들에게 5코페이카를 주고 사서 성문 안으로 가지고 와 진귀한 물건이라며 왕에게 팔았다.

왕은 현자들을 불러 이 물건이 달걀인지 씨앗인지 알아보라고 명령했다. 현자들은 고민하고, 또 고민했지만 답을 찾지 못했다. 마침 이 물건은 창문 위에 놓여 있었는데, 암탉 한 마리가 날아 들어와서 쪼기 시작해 구멍을 내버렸다. 그제야 모두 이 물건이 씨앗이라는 것을 알게 되었다. 현자들이 왕에게 아뢰었다.

"이것은 호밀 씨앗입니다."

왕은 깜짝 놀랐다. 그리고 다시 현자들에게 이 씨앗이 언제 어디서 어떻게 생겨났는지 알아보라고 명했다. 현자들은 고민하고, 또 고민하며 온갖 책을 뒤져보았지만 아무것도 찾지 못했다. 그들은 왕에게 와서 말했다.

"답을 드릴 수 없사옵니다. 책을 아무리 뒤져봐도 이 씨앗에 대한 내용은 전혀 없사옵니다. 농부들에게 물어봐야 할 것 같사옵니다. 혹시 노인들이 이런 씨앗을 언제, 어디에 심었는지에 대해 들은 적이 있는지 말입니다."

왕은 사람을 보내 늙은 농부 한 사람을 데리고 오게 했다. 늙은 농부가 왕에게 불려 왔다. 노인은 얼굴이 푸르죽죽했고, 이가 다 빠져서는 지팡이를 두 개 짚고 겨우겨우 걸어 들어왔다.

왕은 그에게 씨앗을 보여줬지만, 노인은 눈이 어두웠다. 어찌어찌 절반 정도는 희미하게 보고, 절반은 손으로 씨앗을 더듬어 살폈다.

왕이 그에게 물었다.

"영감, 이런 씨앗이 어디서 생겼는지 아는가? 이런 씨앗을 밭에 심은 적은 없는가? 혹은 농사 짓던 시절에 어디선가 이런 씨앗을 산 적이 없는가?"

귀까지 어두운 노인은 겨우 알아듣고 간신히 대답했다.

"저는 밭에 이런 씨앗을 심은 적도, 수확한 적도 없고, 이런 씨앗을 산 적도 없습니다. 제가 농사를 짓던 시절에는 낟알이 지금처럼 작았습죠. 소인의 아버지에게 여쭤봐야겠습니다. 아버지가 어디서 그런 씨앗이 나는지 들어봤을 수도 있지 않겠습니까."

왕은 사람을 보내 노인의 아버지를 데리고 오라고 명령

했다. 노인의 아버지도 왕에게 불려 왔다. 이 늙은 노인은 아들과는 달리 지팡이를 하나만 짚고 걸어 들어왔다.

왕이 그에게 씨앗을 보여주었다. 노인은 아직 시력이 멀쩡해서 씨앗을 이리저리 살펴보았다. 왕이 그에게 물었다.

"이보게, 이런 씨앗이 어디서 났는지 아는가? 이런 씨앗을 밭에 심은 적은 없는가? 혹은 농사 짓던 시절에 그런 씨앗을 산 적은 없는가?"

노인은 귀가 조금 멀기는 했지만 아들보다는 잘 알아들었다.

"없사옵니다. 소인은 밭에 그런 씨앗을 뿌린 적도, 수확한 적도 없습니다. 산 적도 없사온데 예전에는 돈이 없었기 때문이옵니다. 모두가 직접 농사를 지어 먹고 살았고, 모자란 것은 서로 나누었습니다. 저는 그런 씨앗이 어디서 자라는지 모르옵니다. 제가 농사 짓던 시절엔 씨앗이 지금보다는 크고 알곡이 풍성했지만, 이런 씨앗은 못 봤습니다. 소인의 아버지한테서 들은 이야기온데, 아버지 시절에는 씨앗이 지금 것보다 더 크고 알곡이 훨씬 풍성했다고 합니다. 소인의 아버지에게 물어보는 편이 나을 것으로 아뢰옵니다."

왕은 다시 이 노인의 아버지를 데리러 사람을 보냈다. 노인의 아버지도 곧 왕에게 불려 왔다. 노인의 아버지는 지팡이 없이 가벼운 발걸음으로 걸어 들어왔다. 그는 눈도, 귀도 밝고 말도 또랑또랑하게 했다. 왕은 노인에게 씨앗을 보여주었다. 그는 씨앗을 요리조리 뜯어보았다.

"이런 곡식을 본 지 오래되었습니다."

노인은 곡식을 살짝 물어뜯어 씹어보았다.

"바로 그 씨앗이 맞습니다."

"어디서 그런 씨앗이 나는지 말해보게. 밭에서 그런 씨앗을 본 적이 있는가? 혹은 농사를 짓던 시절에 그런 씨앗을 사본 적이 있는가?"

그러자 노인이 말했다.

"소인이 젊었을 적에 이런 곡식은 곳곳에서 자랐습니다. 저는 이런 곡식을 먹고 살았고, 사람들을 먹이기도 했습죠."

그러자 왕이 다시 물었다.

"그렇다면 이런 씨앗을 어디서 산 일이 있었소? 아니면 직접 밭에 뿌린 일은 없었소?"

노인이 빙그레 웃었다.

"그때는 곡식을 사고판다는 죄악은 꿈도 못 꾸던 시절입니다. 돈이라는 것도 몰랐습죠. 누구나 곡식이 많았기 때문입니다. 저도 그런 씨앗을 직접 심고, 수확하며, 타작했습니다."

그러자 왕이 거듭 물었다.

"그렇다면 어디에 이런 곡식을 심었고, 그대의 땅은 어디에 있었는지 고하게."

그러자 노인이 대답했다.

"소인의 밭은 하나님의 땅이었습니다. 제가 쟁기질을 하면 거기가 바로 밭이었습죠. 땅은 그 누구의 소유도 아니었습니다. 내 땅이랄 게 없었죠. 제 것이라 하면 그저 노동력뿐이었습니다."

"그렇다면 두 가지가 궁금하네. 예전에는 그런 씨앗이 났는데, 왜 지금은 안 나는가? 두 번째는 자네의 손자는 지팡이를 두 개 짚고, 또 아들은 지팡이를 하나 짚고 왔는데, 어째서 자네는 가벼운 발걸음으로 와서 두 눈은 반짝반짝 빛나고, 이도 튼튼하고, 말도 분명하고 서글서글한가? 어찌된 영문인지 말해보라."

그러자 노인이 말했다.

"그 까닭이란 사람들이 제 노력으로 사는 것이 아니라, 남의 것에 눈을 돌리기 시작해서입니다. 예전에는 그렇게 살지 않았습죠. 하나님의 뜻대로 살았고, 자신의 것 외에 남의 것을 탐내지 않았습니다."

두 형제와 금화

옛날 옛적에 예루살렘 근처에 두 형제가 살았다. 형의 이름은 아파나시였고, 동생은 요한이었다. 이들은 예루살렘 근처에 있는 산꼭대기에 살며 사람들이 가져다주는 것을 먹고살았다. 형제는 매일같이 일을 했다. 이들은 자신의 일이 아닌, 가난한 사람들의 일을 하며 살았다. 형제는 일에 지친 사람들이나 병자, 고아, 과부가 있는 곳이면 어디든 가서 일을 해주고 품삯도 받지 않은 채 돌아왔다.

그렇게 형제는 한 주 내내 따로 지내다가 토요일 저녁에서야 집으로 돌아와 만나곤 했다. 이들은 일요일 단 하루만 일을 가지 않고 집에 남아 기도하고, 이야기를 나누었다. 하나님의 천사도 형제에게 내려와 이들을 축복해주었다. 그러다가 월요일이 되면 형제는 각자 할 일을 찾아 떠났다. 그렇게 몇 년이 흐르는 동안 천사가 매주 내려와서 이들을 축복해주었다.

어느 월요일, 형제는 집을 나와 각자 일을 하러 일터로 떠났다. 형 아파나시는 사랑하는 동생과 헤어지는 게 못내 아쉬워서 가다가 멈춰 서서 뒤를 돌아보았다. 그러나 요한은 고개를 숙이고 가면서 뒤를 돌아보지 않았다.

그런데 갑자기 요한이 무언가를 발견한 듯이 멈춰 섰고, 손으로 눈에 그늘을 만든 채 무언가 유심히 쳐다보기 시작했다. 그다음 그쪽으로 가까이 다가갔는데, 갑자기 뒤도 돌아보지 않고 산 아래로 마구 뛰어 내려갔다. 그러다가 마치 맹수가 쫓아오는 것처럼 산기슭으로 도망가 꼭대기까지 올라갔다.

아파나시는 이 광경을 보고 놀라서 무엇이 동생을 겁먹게 했는지 알아보려고 다가갔다. 다가가서 보니 무언가 햇빛을 받아 반짝이고 있었다. 더 가까이 다가가 보니 마치 누가 뿌려놓은 것처럼 두 자루 정도 되는 금화가 풀숲에 잔뜩 떨어져 있었다. 아파나시는 금화를 보고는 눈이 휘둥그레졌는데, 동생이 이걸 보고도 훌쩍 피해버린 것이 더 놀라웠다.

'대체 무엇에 놀라서 도망간 거지? 금화에 무슨 죄가 있나? 사람에게 죄가 있지. 금화로 악을 행할 수도 있지만, 선도 행할 수 있지. 이 금화로 얼마나 많은 고아와 과부들을 먹일 수 있으며, 헐벗은 자들에게 옷을 입히고, 불구자와 병자들을 고칠 수 있겠는가! 지금 우리가 사람들에게 봉사하고는 있지만, 힘이 모자라 우리가 하는 봉사라는 것도 보잘것없지. 그런데 이 금화를 가지고서는 봉사를 더 많이 할 수 있을 텐데.'

아파나시는 이런 생각을 모두 동생에게 말해주고 싶었지만, 동생은 불러도 안 들릴 정도로 저 멀리 가버렸고, 산꼭대기에 있는 모습이 조그맣게 보일 뿐이었다.

아파나시는 옷을 벗어서 가져갈 수 있는 만큼 금화를 담아 어깨에 짊어지고 시내로 갔다. 그는 여인숙으로 가서 주인에게 금화를 맡기고는 나머지를 가지러 갔다. 금화를 모조리 가져온 후에는 상인에게 가서 시내에 있는 땅과 돌, 목재를 사서 일꾼들을 고용해 집을 세 채 짓기 시작했다.

아파나시는 시내에서 세 달을 보내면서 집을 지었다. 첫 번째 집은 과부와 고아를 위한 쉼터였고, 두 번째 집은 병든 사람들과 불구자들을 위한 병원이었으며, 세 번째 집은 부랑자와 거지들을 위한 수용소였다. 아파나시는 독실한 수도사 세 명을 찾아 한 명은 쉼터에, 다른 한 명은 병원에, 세 번째 수도사는 수용소에 감독으로 앉혔다. 이 모든 일을 마치고 나서도 아파나시에겐 금화가 삼천 닢이나 남아 있었다. 그는 수도사들에게 각각 금화 천 닢씩 주고는 가난한 자들에게 나누어 주도록 했다.

곧 세 채의 집에는 사람들로 가득 찼고, 사람들이 아파나시가 한 일을 두고 그를 칭송하기 시작했다. 아파나시는 이에 기뻐서 시내를 떠나고 싶은 마음이 사라졌다. 그러나 아파나시는 동생을 사랑했기 때문에 사람들과 작별 인사를 하고, 금화를 수중에 단 한 닢도 남겨놓지 않은 채 입고 왔던 낡은 옷을 그대로 입고 곧바로 집으로 향했다.

아파나시는 집이 있는 산으로 다가가며 생각했다.

'동생이 금화를 피해 도망간 건 잘못 생각한 거야. 내가 한 일이 더 잘한 게 아닐까?'

아파나시가 이렇게 생각하자마자 갑자기 형제를 늘 축복해주었던 천사가 길에 서서 분노한 얼굴로 그를 바라보고 있었다. 그러자 아파나시는 몸이 얼어붙은 채 말했다.

"왜 그러십니까?"

천사가 입을 열어 말했다.

"썩 떠나라! 너는 네 동생과 살 그릇이 아니다. 동생이 금화를 보고 도망친 행동 하나가 네가 금화로 이제까지 해온 그 어떤 일보다 훨씬 값지다."

그러자 아파나시는 이제까지 얼마나 많은 빈자들과 부랑자를 먹이고, 얼마나 많은 고아들을 보살폈는지 말하기 시작했다. 그러자 천사가 그에게 말했다.

"그건 너를 유혹하기 위해 금화를 놓아둔 악마가 가르친 말이다!"

그러자 아파나시의 양심이 깨어났다. 그는 자기가 한 행동이 하나님을 위해서 한 일이 아니라는 걸 깨닫고는, 울면서 회개하기 시작했다.

그러자 천사는 길에서 나와 그에게 길을 열어주었고, 그 길에는 이미 요한이 형을 기다리며 서 있었다. 그때부터 아파나시는 금화를 뿌려놓은 악마의 유혹에 휩쓸리는 법이 없었고, 금이 아니라 노동으로서 하나님과 사람들에게 봉사할 수 있다는 깨달음을 가지고 살았다.

그렇게 형제는 예전처럼 살았다.

우리는 사랑으로 살아간다

쉬운 언어로 쓰였으나, 그 깊이만큼은 결코 쉽지 않은 작품. 진정한 삶이란 무엇인가 성찰해보도록 하는 작품. 톨스토이의 작품을 한마디로 정의 내리기에 충분한 표현이 아닐까 싶다.

톨스토이는 러시아 민중들 사이에서 전해 내려오는 전설에 착안해 민화를 썼다. 그 스스로도 자신이 쓴 민화를 '민중 전설'이라 부르며, '민중들로부터 가지고 와 민중들에게 돌려주었다'라고 했다.

톨스토이는 삶의 진실에 도달하고자 하는 갈망 때문에 작품을 통해 실제 민중들의 삶을 낱낱이 보여주고자 했다. 그는 「사람은 무엇으로 사는가」를 통해서는 세묜네 가족의 곤궁함을, 「사람에게는 얼마만큼의 땅이 필요한가」의 파홈을 통해서는 인간의 본능을 여실히 드러냈다. 그는 인물과 풍경 묘사, 등장인물들 간의 대화에서도 현실성을 잘 살려 내 독특한 창작 세계를 구축할 수 있었다.

　톨스토이는 민화의 기본 조건으로 단순함과 절제미를 꼽았다. 민중들이 작품을 이해하기 위해서는 작품이 소박하고 꾸밈없어야 한다는 것이다. 그래서인지 그의 민화에는 유독 다소 무식하고, 못 배운 것 같은 인물이 자주 등장한다. 가장 큰 특징은 단순함, 절제성 그리고 날카로움이라고 볼 수 있다. 작품이 예술성을 띠면서 동시에 필요한 말만 하는 절제미를 갖추기란 여간 어려운 일이 아닐 것이다. 바로 여기에서 작가 톨스토이의 위대한 능력을 엿볼 수 있지 않을까. 그렇다면 순서대로 작품을 하나하나 살펴보자.

　「촛불」에서 농노들은 자신들을 못살게 구는 마름을 죽이려고 하지만, 선한 표트르 미혜예프만이 "불행에 수그리면 불행도 우리에게 지고 들어올 것"이라고 말하며 이에 반대한다. 그의 쟁기 위에 빛나고 있던 '촛불'은 최후의 선을 의미하고, 이 선은 어떤 바람이 불어도 꺼지지 않는다. 결국 톨스토이는 '신의 권능은 악이 아닌, 선에 있다'고 말하고 싶었던 것이다.

　「사람은 무엇으로 사는가」도 '사람의 마음속에 있는 것'

과 '없는 것', '사람은 무엇으로 사는가'라는 세 가지 질문을 통해 단순하지만 명료한 가르침을 주는 작품이다. 사람은 마음속에 사랑을 가지고 살아가지만, 일 년 앞을 내다보면서 준비하지만 정작 오늘 자신에게 닥칠 일은 몰랐던 귀족처럼 내 육신을 위해 무엇이 필요한지는 모르고 살아간다. 톨스토이는 이 작품을 통해 인간 본성인 사랑을 일깨우고자 했다.

「바보 이반 이야기」는 똑똑하거나 잘나지 못한 바보 이반의 모습을 통해 묵묵하고 성실하게 살아가는 러시아 농민의 모습을 그리고 있다. 바보 이반은 늘 주위 사람들에게 가진 것을 나누어 주고 베풀며 성실하게 제 할 일을 하는 사람이다. 두 형 세묜과 타라스는 처음에는 승승장구하다가 결국 악마의 꾐에 넘어가 패가망신을 하고, 바보 이반의 도움으로 다시 일어서게 된다. 결국 사람이 살아가는 데 필요한 건 큰형 세묜이 가졌던 군대(힘)도, 작은형 타라스가 가졌던 재물도 아닌, 근면 성실한 노동인 것이다.

「두 노인」은 기독교 정신의 정수가 담긴 작품이라고 할 수 있다. 순례길에 오른 옐리세이와 예핌은 각자 다른 방법으로 신에 대한 믿음을 증명하게 된다. 예핌은 성지 순례를 통해서, 옐리세이는 우연히 들른 집에서 가난한 이들을 도와줌으로써 나름의 방식으로 믿음을 실천한다. 예핌은 신에게 기도를 했을 뿐이었지만, 옐리세이는 신이 원하는 일을 한 것이다. 하나님의 말씀을 실천하는 길은 멀지 않은 곳에 있다는 사실을 깨달을 수 있다.

「사람에게는 얼마만큼의 땅이 필요한가」는 욕심은 화를 자초한다는 교훈을 준다. 주인공 파홈은 경작할 수 있는 것보다 더 많은 땅을 가지고 싶어했고, 결국에는 그 많은 땅을 가지기는 했지만 죽고 말았다. 톨스토이는 주인공 파홈의 최후를 통해 지나친 탐욕을 경계해야 한다고 말한다.

「신은 진실을 알지만 때를 기다린다」는 아마 가장 공감하기 어려운 작품이 아닐까 싶다. 악쇼노프는 저지르지도 않은 죄 때문에 시베리아에 있는 감옥에서 무려 26년이라는 시간을 보낸다. 그러다 누명을 쓰게 된 사건의 진범 마카르를 만나게 되었는데, 그의 잘못을 되려 덮어주자 마카르도 참회의 눈물을 흘리며 그에게 자백하겠다고 한다. 그러자 불현듯 악쇼노프의 마음속 증오와 억울함은 눈 녹듯 사라지고, 석방되는 날 죽음을 맞이한다. 악쇼노프가 물리적 감옥에서 나오려면 마음의 감옥에서 벗어나야 한다는 의미는 아닐까. 톨스토이는 참회와 용서를 통해 그리스도의 진정한 사랑을 깨우쳐야 한다는 교훈을 주고 있다.

「세 가지 질문」도 종교적 색채가 짙은 작품이다. 왕은 언제 무슨 일이 생겨날지 어떻게 알 수 있는지, 나에게 가장 필요한 사람이나 중요한 사람이 누구인지 은자에게 묻지만 자신에게 원한을 가진 이를 도움으로써 자신도 모르게 이 질문에 대한 답을 얻게 된다. 가장 중요한 지금, 가장 중요한 주변 사람들에게 선을 베푸는 것이 인간의 존재 이유라는 톨스토이의 생각은 현대 사회에서도 유효할 수 있지 않을까 싶다.

「달걀만 한 씨앗」은 욕심에 관한 이야기다. 그 누구도 욕심을 가지지 않고, 남의 것을 탐내지 않았던 시절에 생산된 달걀만 한 씨앗이 상징하는 것은 타인에 대한 배려와 애정일 것이다.

「두 형제와 금화」도 욕심과 진정한 봉사의 길에 관한 작품이다. 아파나시가 그랬던 것처럼, 주운 금화로 주변인들을 보살피는 등 결과가 좋아도 그 행위의 목적 자체가 신의 사랑을 실천하기 위함이 아니라면 좋은 행동을 안 하느니만 못하다는 것이다. 결과보다는 과정이 중요하며, 진정한 봉사란 어떤 것인지 생각해보게 되는 작품이다.

1828 러시아 톨라 현의 야스나야 폴랴나의 외가에서 니콜라이 일리이치 톨스토이 백작의 4남 1녀 중 넷째 아들로 태어남.

1830 어머니 마리야 니콜라예브나 사망.

1836 푸시킨의 시 「바다에」 및 「나폴레옹」을 낭독하여 부친을 놀라게 함.

1837 모스크바로 이주. 아버지 니콜라이 뇌일혈로 사망하고 남매들 모두 할머니의 손에 맡겨짐.

1839 할머니 사망 후 친척 예골스카야 아주머니에게 맡겨짐. 훗날 그녀에 대해 다음과 같이 기록함. '내 인생에 있어 세 번째로 중요한 사람은 바로 우리가 숙모라 부른 예골스카야였다.'

1840 최초의 시「사랑하는 숙모에게」씀.

1844 형제들과 함께 카잔으로 이사. 외교관이 되기 위해 카잔 대학 동양학부에 입학.

1847 자퇴서를 내고 학업 중단. 철학, 논리학 및 여타 학문을 스스로 공부하기로 결심하고 그때부터 평생 독학에 매진함.

1851 형 니콜라이와 함께 카프카스로 떠남. 7~9월 중편소설「유년 시대」구상.

1852 사관생도 자격시험을 치르고 4급 포병 하사관으로 입대. 문예지『동시대인(Sovremennik)』에 익명으로「유년 시대」투고. 10월「유년 시대」가 검열을 통해 수정되고 '나의 어린 시절 이야기'로 제목이 바뀐 채 발표되자 매우 실망함.

1854 10월『동시대인』에「소년 시대」발표. 11월 세바스토폴로 이동하여 크림 전쟁에 참전.

1855 니콜라이 1세 사망. 6월『동시대인』에「세바스토폴 이야기」발표.

1856 3월 러시아, 터키의 전쟁 종식으로 군에서 제대. 투르게네프와 첫 만남.

1857『동시대인』에 중편소설「청년 시대」발표. 2~7월 프랑스, 이탈리아, 스위스 등 유럽 여행.

1858 단편소설「세 죽음」집필.

1859 러시아 문학 애호가 협회 회원이 됨.

1860 형 니콜라이 사망.「국민 교육론」기고. 투르게네프
와 다툰 후에 결투 신청(결투는 이루어지지 않음).

1862 9월 크레믈린 궁정 부속 교회에서 소피야 안드레
예브나 베르스와 결혼.

1863 2월 중편소설「카자흐 사람들」발표. 6월 큰아들
세르게이 출생.

1864 10월 큰탈 따찌야나 출생. 11~12월 장편소설
『1805년』(『전쟁과 평화』의 1, 2권) 집필.

1866 5월 둘째아들 일리야 출생.

1867 9월『전쟁과 평화』의 3, 4권 집필.

1868『전쟁과 평화』의 5권 집필.

1869『전쟁과 평화』의 6권 집필. 셋째 아들 레프 출생.

1871 2월 둘째 딸 마리야 출생.

1873『안나 카레니나』집필 시작. 12월 러시아 과학 아
카데미 언어-문학 분과 회원이 됨.

1875 1월『러시아 통보』에『안나 카레니나』연재 시작.
독자들로부터 큰 반향을 불러일으켰으며 민주주
의 진영에서는 강한 불쾌감을 드러냄.

1877『안나 카레니나』탈고. 넷째 아들 안드레이 출생.

1879 다섯째 아들 미하일 출생.

1881 알렉산드르 2세 암살됨. 도스토예프스키 사망. 단

편소설 「사람은 무엇으로 사는가」 집필.

1884 6월 스스로의 부르주아적 삶에 환멸을 느끼고 첫 번째 가출 시도. 셋째 딸 알렉산드라 출생.

1885 「촛불」 「두 노인」 집필. 중편소설 「홀스또메르」 발표.

1886 단편소설 「세 수도승」, 중편소설 「이반 일리치의 죽음」 집필.

1887 사회활동가이자 상트페테르부르크 법원 검사였던 친구로부터 어느 매춘부와 젊은 사내에 관한 흥미로운 법정 실화를 전해 들음. 이는 후에 장편소설 『부활』의 모티브가 되는 에피소드로, 이때부터 『부활』을 구상하기 시작함.

1888 여섯째 아들 이반 출생.

1889 「크로이체르 소나타」 「악마」 발표.

1891 저작권을 거부하고 1881년 이전까지 발표한 모든 작품의 저작권 포기 각서에 서명함.

1895 단편 우화 「주인과 일꾼」 발표. 여섯째 아들 이반 사망.

1898 톨스토이 탄생 70주년 기념 축하회 개최. 『부활』의 완성에 전념함.

1899 잡지 『니바(Niva)』에 『부활』이 연재되기 시작하지만 검열에 의해 많은 수정이 이루어짐. 릴케와 교

류.『부활』탈고.

1900 막심 고리키가 방문함. 희곡「산송장」집필.

1901 그리스 정교회에서 파문당함. 노벨상 수상 거부.

1903 톨스토이 탄생 75주년 기념 축하회 개최.

1904 러일 전쟁 일어남.

1906 둘째 딸 마리야 사망. 이 상실감으로 인해 점점 더 내면으로 침잠해 들어감.

1908 혁명 운동가들에 대한 사형 집행을 반대하는 선언문「가만히 있을 수 없다」를 발표.

1910 유언장과 관련하여 가족들 간의 갈등이 일어남. 가족과의 불화는 물론, 사유 재산을 부정하면서 모은 것을 누리고 있는 스스로에 대해 깊은 수치와 고통을 느끼고 집을 벗어나고 싶어함. 10월 28일 부인에게 최후의 글을 남긴 채 가출. 10월 31일 우랄행 기차를 타고 가던 중 건강이 급격히 악화됨. 11월 7일 새벽 시골의 작은 역 관사에서 영면. 출생지인 야스나야 폴랴나에 안장됨.

옮긴이 **강규은**

한국외국어대학교 노어학과 졸업 후 한국외국어대학교 통번역대학원 국제회의 통역을 전공하였다. 경제 포럼 및 다양한 학술 행사 동시통역을 진행하였으며, 현재 번역 에이전시 엔터스코리아에서 전문 번역가로 활동하고 있다. 역서로는『토요일에 눈이 내리면』이 있다.

사람은 무엇으로 사는가

1판 1쇄 발행 2018년 12월 2일
2판 1쇄 발행 2022년 1월 25일

지은이 레프 톨스토이
옮긴이 강규은
발행인 조상현
마케팅 조정빈
편집인 정지현
디자인 Design IF
펴낸곳 더디퍼런스

등록번호 제2018-000177호
주소 경기도 고양시 덕양구 큰골길 33-170(오금동)
문의 02-712-7927
팩스 02-6974-1237
이메일 thedibooks@naver.com
홈페이지 www.thedifference.co.kr

ISBN 979-11-6125-336-7 03800